KB120535

도망치는 게 뭐 어때서

도망치는 게
뭐 어때서

씩씩한 실패를 넘어
새로운 길을 만드는 모험

김수민 지음

한겨레출판

차례

CHAPTER 1.
씩씩한 실패

CHAPTER 2.
원하는 삶의 궤도

CHAPTER 3.
무언가가 될 나이

CHAPTER 4.
완벽하진 않아도 충분한 우리

Epilogue

엄지발가락 들어 올리기

생애 처음으로 운동을 배우기 시작했던 날, 선생님은 내
게 엄지발가락'만' 들어 올리는 연습을 시켰다. 아무렴
내가 운동신경이 없고, 운동을 처음 배워본다지만 엄지
발가락 들어 올리기 운동이라니. 내가 발가락을 들어 올
리지 못할 리 없다고 생각했다. 하지만 엄지발가락을 치
켜올리려 발바닥과 종아리에 힘을 주니 나머지 발가락
들도 우르르 엄지를 따라 올라왔더랬다. 선생님은 그런
내 발가락들을 보며 발바닥 밸런스가 무너져 있다고 했
다. 발바닥에도 밸런스가 있다니.

에세이를 읽는 것과 쓰는 것은 모두 엄지발가락 들어 올리기 운동 같은 면이 있다. 에세이를 읽는다는 건 내 신체에서 가장 낮은 곳에 있는 발바닥의 안위를 살피는 일 같다. 무거운 육신의 무게를 견디며 삶을 걸어가게 해주는 소중한 곳이지만 잘 보이지 않는다는 이유로 쉽게 무심해지는 부위. 그런 발바닥 같은 삶의 면면을 다시 돌아보게 하는 것이 에세이다. 그리고 잘 쓰지 않던 마음속 근육을 되살려보며 삶의 밸런스를 되찾고자 하는 마음이 우리가 에세이를 읽게 되는 동력이 아닐까.

이 책을 본격적으로 쓰기 시작한 시점과 퇴사한 시점 사이에는 대략 18개월이라는 시간차가 있다. '퇴사 후 1년 반'이라는 시간은 빠르고도 느리게 흘러갔고, 덕분에 일에 대한 신체적 기억만은 생생히 남아있음과 동시에 회사 생활은 심리적으로 아득한 옛일처럼 느껴졌다. 생생한 지난날을 퇴사 후 멀찍이서 잔잔한 마음으로 되돌아볼 수 있었다는 것은 큰 행운이었다. 돌이켜보니 아픈 줄 모르고, 소중한 줄 모르고 흘려보낸 순간들이 참 많았다. 퇴사 후 기억은 생각보다 빠르게 흩어졌고 과거에 대한 감상도 마음속 온도에 따라 시시각각 달라졌으니, 마음 굳게 먹고 쓰지 않았다면 이 내면의 소리들을 평생 모르고 지나쳤을 것이다. 글을 쓰며 과거의 부족했던 점, 돌아가고 싶은 순간과 돌아가고 싶지 않은 날들을 정리했다. 형용하기 어려웠던 감정들도 글로 적으며 마음속 자잘한 생채기들이 치유되는 것도 느낄 수 있었다.

　　20대 전반전의 고군분투와 성공과 실패들을 적고 보니, 결국 내가 책에 담은 것은 지난 선택들에 대한 변명이자 선언이다. 무엇이 퇴사를 선택하게 했는지에 대한 기나긴 설명이자 오늘부터 나는 나의 퇴사를 실패라고 부르기로 했다든지, 이제부터 나는 자유로워질 것이라든지 하는 선언. 고백하건대 '반오십' 정도 되는 내 짧은 인생은 거의 도망친 시간들로 가득했다. 학창시절 10년 내내 짝사랑했던 미술을 그만두고 아나운서 준비를 해보겠다고 다짐했던 것도, 그렇게 아나운서가 되어서는 다른 일을 해보겠다며 박차고 나온 것도 모두 더 잘할 수 있는 일이나 더 좋아하는 일을 발견해서가 아니라 '더 이상 할 수 없어서' 도망친 것이었다. 새로운 길로 들어서는 초입의 뒤편에는 언제나 '도망치고 싶은 마음'이 간절했다. 나는 막다른 길마다 도망치고 또 도망쳐서 여기까지 왔다.

삶에 정직하고자 애쓸수록, 성실하게 살수록 우리는 실패를 더 자주 마주한다고 믿는다. 자기 자신을 속이지 않고 따박따박 마음의 소리를 듣다 보면, 누구나 마음과 다른 현실을 직면하고 이내 도망치고 싶은 순간을 마주하게 될 테니까. 그래서 나는 나의 도망이 부끄럽지 않다. 도망치고 싶다는 마음은 언제나 삶의 정직한 나침반이 되어주었으니까. 막다른 길은 새로운 길을 찾을 때라는 걸 알려줄 뿐이다. 막다른 길 앞에선 용기 내어 자기 자신을 위해 도망칠 수 있으면 좋겠다. 우리 모두에겐 도망칠 자유가 있다.

누군가 도망치고 싶은 순간에 이 책을 집어 들었다면, 이 책이 안 쓰던 속 근육을 느껴보고 삶의 가장 낮은 곳의 안위를 살피는 데 도움이 되면 좋겠다. 내게 그랬던 것처럼, 이 글이 엄지발가락 들어 올리기 운동처럼 사소한 도전이 되면 좋겠다. 글 쓰는 내내 날 괴롭혔던 성에 차지 않는 글쓰기 실력과 날것의 감상들을 견디고 나니 이제 나의 바람은 딱 하나다. 솔직한 내 모습과 글을 읽는 당신이 닮은 점이 많았으면 좋겠다.

끝으로 번듯한 원고도 없는 내게 기회를 주신 출판사와 지지부진한 글쓰기가 속력을 낼 수 있도록 매주 나의 성실한 첫 번째 독자가 되어주신 이연재 에디터님, 글 쓰는 게 어렵다고 머리를 쥐어뜯을 때마다 솔직하게 쓰면 되지 뭐가 문제냐며 시큰둥한 응원을 보내준 나의 가족, 자기 얘기 더 써달라고 조르며 저작권 없는 영감을 무한대로 제공해준 남편에게 감사드린다. 글 쓰는 내내 태중에서 창작의 기쁨을 함께 나눠준 내 삶의 새로운 이유에게도 고맙다. 그리고 이 글을 선택해주신 독자, 바로 당신께 깊이 감사하다.

2023년 3월
김수민

CHAPTER 1

씩씩한
실패

가난했던 봄의 사직서

매일 새벽 생방송을 하면서 새로 알게 된 것이 있다. 가장 추운 계절은 사실 봄이라는 것. 일교차가 심해서 더 그렇게 느껴지는 것인지는 몰라도 봄의 새벽은 유달리 춥다. 겨울의 밤은 봄을 피우기 위해 남몰래 따스함을 간직하고 있는데 봄밤은 가차 없이 칼로 에는 듯하다. 1년 중 6월에서 8월, 석 달만 빼고 패딩을 입고 출근해도 4월엔 어김없이 독한 감기에 걸렸다. 그래서 봄은 근무 기간 중 가장 추웠던 계절로 기억된다. 사직서를 꺼냈던 것도 봄이었다.

그해 봄의 나는 가난했다. 간단히 말해 회사를 그만둔 이유는 나 자신의 가난을 견딜 수 없어서였다. 사람을 가난하게 만드는 건 돈뿐만이 아니다. 당시 내게는 융통할 애정도 없었고 나눌 온기도 없었고 기대되는 미래나 설레는 계획도 없었다. 궁상맞을 정도로 가난했다. 주위에서 어떻게 지내냐 물을 때마다 퇴근하면 산송장처럼 지낸다, 우스갯소리로 말하곤 했는데 그건 농담이 아니라 진짜였다. 시체처럼 그냥 누워만 있다는 뜻보다도 심장이 멈춰있었달까. 하루를 잘 살아냈다는 성취감도, 오늘의 내가 꽤나 기특하고 근사하게 느껴지는 자기만족도, 내일은 또 얼마나 재밌을까 하는 기대감도, 내일은 더 잘할 수 있다는 자기 효능감도 입사한 지 3년도 안 돼 다 써서 없었다.

내가 나로 살기 위해 필요한 연료가 다 떨어져서 나라는 사람이 누구인지조차 스스로 인지되지 않았다. 도대체 어디서 성취감을 느껴야 하는 건지 알 수 없었다. 화면에 예쁘게 나온 것에 뿌듯함을 느껴야 하는 건지, 장단음을 잘 지켜 아나운서처럼 말한 것에 자부심을 느껴야 하는 건지, 이름 모를 사람의 칭찬을 나의 성취로 여겨야 하는 건지 누군가 알려줬으면 싶었다.

　　이럴 땐 흔히 말하는 '금융치료(월급을 보며 지친 마음을 달래고 일에 대한 애정을 회복하는 일)'가 답이라던데 통장 잔고도 내게 큰 감흥을 주지 못했다. 물리적으로 만져본 적 없는 월급은 잠시 통장을 스쳐 지나가 버리니 월급도 돈이 아니라 그저 숫자로만 보였다. 게다가 카드값 결제일은 어찌나 빨리 돌아오는지, +와 −가 교차하면 한 달이 끝났다. 하지만 그 짧은 찰나, 그 숫자가 뭐라고 나는 그 숫자 앞에서 작아졌다. '이 숫자들마저 없으면 나는 정말 가난해질 텐데' '이것도 없으면 나는 가진 게 아무것도 없을 텐데' 싶은 생각에 두려웠다. '1년＝월급×12'라는 등식으로 한 해를 설명하고 싶지 않았는데 그 외에 1년을 설명할 다른 표현이 딱히 떠오르는 것도 아니었다. '내 인생에 숫자보다 중요한 게 분명히 있었는데 그게 뭐였지?' 스스로 묻고 또 물어도 알 수가 없었다. 내 인생에 중요한 게 무엇인지 모르겠다는 답을 내릴 때마다 자신감은 더 떨어졌다. 내가 믿어온 '나'는 사라지고 타인이 평가하는 내가 '나'인 것 같았다. 길을 잃은 느낌도 아닌, 그냥 내가 없어진 기분. 당혹스러웠다.

그러거나 말거나 새벽 출근은 계속됐고, 어느 순간부터인가 아예 잠들지 못하는 밤이 잦아졌다. 그러던 중 우연히 전문의를 모시고 '수면 건강'이라는 주제로 오전 교양 프로그램을 진행하던 날이었다. 의사 선생님은 '잠들기 위해 잠자리에 눕고 몇 시간 내로 잠에 들지 않으면 그것이 곧 수면장애'라고 했다. 수면장애는 별 대단한 게 아니라, 나처럼 자고 싶은데 쉽게 잠들지 못하는 상태라고. 자고 싶은데 못 자는 것, 이게 수면장애라니. 내가 의사를 만나러 가도 되는 상태구나, 그제서야 알았다. 그 교양 프로그램을 통해 오엑스 퀴즈를 해본 뒤, 매일 밤 내가 겪고 있는 증상이 수면장애라는 판단을 내리고 병원을 찾았다.

병원에서는 긴장도가 높아서 잠을 못 자는 것 같다며 이완제 비슷한 것을 처방해줬다. 그 약을 먹으면 서너 시간은 자는 기분이 들었다. 하지만 내 몸의 긴장은 약으로도 도통 잘 풀리지 않았고 주말이 되어서야 경직된 몸이 좀 풀리는지 잠다운 잠을 잘 수 있었다. 하지만 주말에 몰아 잔 잠은 주말만이 주는 자유를 삭제했고, 나는 주말에 아무것도 충전하지 못한 채 다시 평일이라는 기차에 몸을 실었다. 기차는 다시 월요일부터 금요일까지 쏘듯 달렸고 겨우 맞이한 주말은 또 잠으로 채우는 것의 반복이었다. 일이 재미있다고 느끼는 순간이 분명히 있었는데, 더 이상 기차의 속도감이 즐겁지 않았다. 멀미하는 것 같아요, 내릴래요, 손을 들어도 기차는 계속 제 속도로 갔다. 나는 탈진하고 기차는 달리고. 브레이크가 내 손에 없다는 걸 알았을 때에서야 왜 내가 이 기차를 타고 있는지 스스로에게 물었다. 나는 무엇을 위해 이렇게 일하는 걸까?

어느 날엔 새벽에 자다 깨 이불에 실수한 나를 발견했다. 스물다섯에 자다가 이불에 실수를 하다니. 아홉 살 때 디즈니랜드에서 열여섯 시간을 놀고 왔을 때나 고3 때 미대 입시를 끝냈을 때 이후로 처음이었다. 깜짝 놀란 채로 잠에서 깼다. 머릿속이 새하얘졌다. 눅눅히 젖은 이불을 뒤로하고 캄캄한 밤 홀로 거실에 나와 가만히 창밖으로 동이 트는 것을 구경했다. 차가운 새벽이 꼭 멍이 든 것처럼 보였다. 온 세상이 새벽으로 파랗게 멍이 드는 걸 보면서 내게 물었다. 나는 무엇이 되고 싶었나?

아나운서라는 현실

아나운서 생활 3년 차에 내게 뱉은 '나는 무엇이 되고 싶었나'라는 질문은 너무 아팠다. 그 질문 자체가 나는 무언가 꿈꾸던 모습과 다른 것이 되어 있다는 뜻 같았고, 성공보다는 실패에 가까운 상태가 되었다는 말처럼 들렸다. 질문을 곱씹을수록 무언가 잘못됐다는 것은 선명해졌다. 아프지만 당시 나는 내가 생각했던 것과 다른, 그러니까 어떤 면에서는 대단히 실패한 상태였다. 방송이 즐겁지 않았고, 텔레비전 보는 게 싫었고, 삶이 행복하지 않았으니까. 꿈에 그리던 〈TV 동물농장〉이라는 유명한 방송 프로그램 진행도 맡게 된 차였는데 조금도 행복하지 않았다. 가장 꿈꾸던 프로그램을 하게 됐는데 일말의 성취감도 느껴지지 않는다는 점은 나 자신에게도 큰 충격이었다.

애초에 내가 '아나운서'라는 직업을 동경하게 된 계기는 10대 때 겪은 두 가지 경험 때문이었다. 하나는 내가 중학생 때 8시 뉴스를 하차하던 박선영 아나운서가 눈물을 훔치는 모습을 봤을 때였는데, 중학생이던 내게 뉴스 클로징(closing, 마무리) 중에 눈물을 닦는 앵커를 목격한 일은 꽤 신선한 충격이었다. 매일 지나가듯 보던 뉴스 속 앵커가 사람처럼 느껴진 것이 처음이었기 때문인 것 같다. '내일부터 내가 나오지 않아요' 하는 인사를 텔레비전 너머의 수많은 시청자들에게 하는 기분은 어떨지. 눈물의 의미를 완전히 이해할 수 없어도 어딘가 알 것 같은 기분이었다. 매일 책임지던 일을 마무리하는 기분은 얼마나 미묘할까. 진행하던 뉴스를 계속 사랑해 달라고 부탁하는 모습에서는 일에 대한 애정과 자부심도 느낄 수 있었다. "내가, 우리가 하던 일이 얼마나 귀한 건지 여러분도 알아주세요"라고 말하는 것 같았다.

아름답다고 느껴지는 순간이었다. 나의 소중한 순간을 대중과 나누는 기분은 어떨까 하는 상상은 그 뒤로도 꽤 오래 이어졌다. 내가 맡은 일이 누군가의 일상을 지키는 소중한 일이 될 수 있다면 참 행복할 것 같았다. 세상에 '사랑' 받을 수 있는 일이 얼마나 있을까?

　　다른 하나는 고등학생 때 우연히 고(故) 정은임 아나운서의 팟캐스트를 듣게 됐을 때였다. 고등학생 때 독서실에서 공부가 안되는 날엔 책을 읽거나 유튜브나 팟캐스트로 이런저런 콘텐츠를 찾아 듣곤 했다. 그러다 정말 우연히, 오래된 테이프 속 목소리 같은 나긋한 옛 라디오를 듣게 됐다. MBC 라디오 〈정은임의 FM 영화음악〉. 타임머신이라도 발견한 듯 설렜다. 어딘가 계속 듣게 되는 목소리였다. 이 아나운서는 어떤 사람일까 궁금해서 인터넷에 정은임 아나운서를 검색하고는 깜짝 놀랐더랬다. 목소리는 이렇게 생생하게 살아있는데 교통사고로 세상을 떠나셨다니. 누군가 그 음성을 듣고 그 순간을 회상하고 추억한다면 적어도 아나운서 정은임은 살아 있음이 틀림없었다. 인터넷상에는 그녀의 애칭인 '정든 님'을 그리워하는 청취자들이 가득했다. 죽음 뒤에 남는 것은 생각보다 많지 않다. 사람의 죽음 뒤에도 기억되는 일이 얼마나 있을까?

이러한 계기로 '아나운서'는 나도 모르는 새 막연한 동경의 대상이 되었다. 그래서인지 호기롭게 입학했던 예술 대학에서 두 손 두 발 들고 난 더 이상 못 하겠다, 뒷걸음질 치며 다시 진로 고민을 시작했을 때 제일 먼저 떠오른 직업은 아나운서였다. 누군가에게 사랑받고 기억되는 그 일을 한번 도전해보지 않으면 후회할 것 같았다.

멋모르고 아나운서를 준비하던 시간도 흘러, 운 좋게 나는 아나운서가 됐다. 그리고 입사한 지 1년 만에 나는 남몰래 다른 직업을 알아봤다. 동경으로 가득했던 내 상상 속 아나운서와 현실의 아나운서는 다른 부분이 많았기 때문이다. 갈팡질팡하던 마음이 다잡힌 건 〈본격 연예 한밤〉의 리포터로 일하기 시작하면서부터였다. TV에서만 보던 연예인을 보러 가는 게 꽤 재밌었고 그동안 나를 무기력하고 위축되게 만들었던 반복적인 일상에 리포터 스케줄이 매력적인 변주가 되어줬기 때문이다. 시간이 어떻게 가는지도 모를 만큼 즐겁게 했는데 1년 뒤에 프로그램이 폐지됐다. 꽤 갑작스럽고 서운하기도 했다. 시청률도 잘 나온다고 생각했는데 사람들이 연예 뉴스를 인터넷으로 더 빨리 많이 보는 것도 사실이니 어쩔수 없었다. 〈본격연예 한밤〉이 끝나고 나는 다시 고민에 빠졌다. 엎친 데 덮친 격으로 그 시기를 전후로 퇴사 후 프리랜서가 되기를 선택하는 사내 선배들이 많아졌고 나도 모르게 이 직업에 두 가지 갈림길을 만들어 고민하기 시작했다.

정년퇴직 아니면 프리랜서 선언. 솔직히 둘 다 하고 싶지 않았다. 두 가지 길 모두 나와 어울리지 않다고 생각했다. 수동적인 방송 스케줄은 족쇄처럼 느껴졌고 연예인처럼 끼를 발산하며 방송장이로 사는 것도 자신 없었다. 그럼 나는 뭘 해야 하나. 무엇을 해야, 어떻게 살아야 행복할까? 처음부터 다시 고민해야 했다.

슬럼프? 아님 실패?

혹시 슬럼프는 아닐까? 좀 쉬면 나아지진 않을까? 실제로 한 선배는 내게 지친 몸과 마음을 달래고 오라며 휴직을 제안하기도 했다. 하지만 슬프게도 가장 먼저 들었던 생각은 '휴가도 마음껏 못 썼는데 내 연차에 휴직이 가당키나 할까' 하는 것이었다. 휴가를 제때 못 갔던 건 조직이 못돼서가 아니라, 방송일이라는 게 내가 쉬면 내 일을 100퍼센트 다른 사람이 대신 해줘야 하는 구조라서 그렇다. 게다가 연차에 맞는 역할이라는 것도 있어서 내가 하던 조그만 코너를 한참 위의 선배가 해줄 수도 없는 셈이니 내가 휴가를 가거나 쉬면 바로 옆 사람한테 일 폭탄을 떠넘기는 듯한 모양새가 되는 것이었다.

　　일하면서 가장 괴로웠던 부분은 아픈 것이 죄스럽게 느껴진다는 것이었다. 놀러 다니다 몸살이 난 게 아닌데도 아파서 맡은 일을 하지 못할 때 (가뜩이나 본인도 일이 많은) 선배가 대신 내 일까지 하게 된다는 것이 가장 미안하고 괴로웠다. 아직까지도 우리 사회에서 후배한테 하는 부탁보다 선배에게 하는 부탁이 열 배 정도 더 부담스러운 것은 사실이니까.

　　심지어 나는 어딘가 요령도 없고 일정 소화력도 선배들만큼 훌륭하지 않아서 조금만 일이 과중되면 바로 아파버렸으니 주변에 피해를 주지 않기 위해서는 아프지 않아야 한다는 강박이 생겼다. 조금이라도 몸이 뜨겁고 기운이 빠지면 곧장 병원에 가서 수액을 맞았다. 조근·야근 근무수당은 죄다 병원비로 쓰게 되어 있다던 선배들의 말은 사실이었다. 아플 때 쉬는 '뻔뻔함'도 스스로 용납하기 어려웠는데 휴직이라니. 비현실적이라고 느껴졌다. 게다가 남에 대해 말하길 좋아하는 방송국에서 막내 아나운서의 휴직은 전례가 없다 보니 혁신적인 안줏거리가 될 것이 분명해보였다. "어머 왜 쉰대?" "어디 아파? 쉬다가 그만두는 거 아니지?" "휴직하고 왔으니까 더 열심히 해, 알지?" 같은 말들이 귓속에 웅성이는 듯했다. 타인의 흥미만 돋궈질, 득보다 실이 많을 나의 휴직. 휴직은 어쨌거나 손에 쥔 것을 최대한 놓지 않는 선택이었으니까, 그 선택에 따른 책임이 있는 것은 당연했다. 무엇보다 휴직은 곧 복직을 해야한다는 뜻이기도 했다. 다시 방송국으로 돌아간 이후의 변함없는 삶이 떠올랐다. 숨이 턱 막혔다.

나는 당시의 불행을 쉬면 나아질 단순한 슬럼프가 아니라고 진단했다. 그 불행을 넘어서고 싶지 않았기 때문이다. 솟을 구멍이 없어 보이는 막다른 골목에 서서 이걸 어떻게 할까 한참을 고민했다. 이 시기를 죽을힘을 다해 극복하면, 적응하고 지나가면 정말 이 끝에 내가 원하는 것이 있을까? 이유는 알 수 없지만, 그동안 살면서 지나왔던 크고 작은 슬럼프와 다르게, 당시의 내게는 불행을 벗어나고 싶다는 의지가 생기지 않았다.

'이건 내가 원하던 삶이 아니야. 이건 내가 되고 싶었던 모습이 아니야.'

휴지를 한 통 비우고서 결국 내 자신에게 읊조린 대답이었다. 지금의 견디고 버티는 삶이, 꿈꾸던 모습으로 가는 길이 아니라는 확신이 들자 애써 극복할 만한 가치가 없다는 생각이 들었다. 나의 불행이 시사하는 건 슬럼프가 아닌, '실패'였다.

퇴사를 결심하다

'말'은 아무것도 바꾸지 못하는 듯 보인다. 말은 그 수준이나 타이밍과 상관없이 언제나 있다가도 사라지니까. 가슴에 갖다 박히면 꽤 오래 가기도 하지만 어쨌거나 마음먹고 힘껏 뽑아서 버리려면 버릴 수 있는 것이 또 말이다. 나의 넋두리도 타인의 조언도 결국엔 무책임한 '말'일 뿐이었다. 듣는 사람도 뱉는 사람도 쉬이 책임지지 않고 허공에 잠시 머무는. 그에 반해 '선택'은 필시 무언가를 바꿔놓는 일이었다.

실패를 마주한 내가 절실히 원했던 건 따듯한 말

이나 위로, 조언이 아닌 변화였다. 선택은 한 번 내리면 무조건 무언가와는 이별하게 하니까. 그 어떤 '말'도 '선택'만큼 분명한 변화를 가져올 것은 없어 보였다. 게다가 당시 난 어딘가 더 잃을 게 없는 사람 같았다. 이미 불행해서 무엇을 해도 더 나빠질 것이 없다고 생각했다.

최악의 상황에서 어떤 '선택'이 변화를 가져올 수 있다는 사실은 모든 '말'을 의미 없게 했다. 퇴사가 무섭거나 쪽팔리다든지, 더 나은 대안도 없는데 성급하다든지, 언젠가 후회할 것이라든지 하는 말들은 무의미했다. 따뜻한 듯 무심하고 자상한 듯 사실은 별 관심 없는 시선들을 고려할 겨를이 없었다. 내 밖에서 흩날리는 숱한 말들을 듣고 있으면 절로 머릿속이 멍해졌다. 그 말들 틈에서 중심을 잃지 않으려면 필사적으로 마음의 소리를 들어야 했다.

'손에 다 쥘 순 없어. 새로운 걸 잡고 싶으면 쥐고 있던 건 놓아야지.'

내게 퇴사는 아등바등 손에 쥐고 있던 걸 놓는 일이었다. 양손 가득 욕심껏 쥐고 손가락 사이로 빠지는 것들을 지키기 위해 애쓰기보다 가장 가지고 싶은 것, 꼭 쥐어야 할 것만 쥐는 삶을 선택하는 게 내 분수에 맞다고 생각했다. 나는 손도 작다. 다 쥐려다가 다 우르르 떨어트릴 것이 뻔했다. 내가 가장 쥐고 싶었던 것은 '나의' 행복, '나의' 일, '나의' 삶이었다.

그래서 무수한 말들을 뒤로하고, 고집스럽게 퇴사를 선택했다. 혼자 고심한 끝에 내린 대범한 결정이었다. 퇴사를 결심한 이후, 나는 가장 먼저 알아야 할 사람이 가장 먼저 알 수 있게 인사 담당자를 직접 찾아가 그만두겠다고 말했다. 주변과 상의하지 않았으니 누군가에게 나의 퇴사는 극단적으로 비쳤을 수도 있을 것 같다. 가진 걸 더 지키는 방향의 선택지도 있었을 텐데 그게 최선이냐고 물을 수도 있었을 것 같다. 무엇이 가장 나를 위한 최선의 선택이었을까, 시간이 지나 다시 내게 물어본 날도 있다.

분명한 건, 퇴사는 마음이 가난했고 행복하지 않았던 내가 나를 지키고 다시 한 번 생명력을 틔워보려고 했던 꽤나 절박했던 선택이었다는 것이다. 아무도 등 떠밀지 않았지만 내게는 변화를 위한 선택지가 하나인 것만 같았다. 흔히 말해 대학 입시에서 재수는 선택이 아니라 '당하는 것'이라던데 나의 퇴사도 일면 그랬다. 다른 대안이 없어서, 나를 행복하게 해줄 다른 방법이 생각나지 않아서, 불행한 나를 내 손으로 구제해줄 수 있는 마지막 기회 같아서 그만뒀다. 남들 보기에 번듯한 직장을 3년 만에 나온 겁 없는 퇴사가 실패 같아 보일지도 모르는 일이지만, 정작 내게 실패는 당시의 불행이었고 오히려 퇴사는 더 이상 실패하고 싶지 않아서 했던 선택이었다.

나는 나의 퇴사를 '멋진' 경험으로 포장하고 싶지 않다. 만화 주인공처럼 머리카락 휘날리면서 사직서 봉투를 시원하게 던지고 나오지 않았으니까. 하지만 엄청난 실패라고도 말하고 싶지도 않다. 죽을 것 같았던 날들을 지나 지금 이렇게 꽤 멀쩡히 살아 있지 않은가. 그저 새로운 변화를 위해 다른 선택했을 뿐이라고 말하고 싶다. 막다른 길에서 우회해 다른 길을 찾아 나섰을 뿐이다.

실패. 때로는 죽음만큼 괴로운 것도 사실이지만 살면서 원치 않아도 익숙해지게 되는 것이기도 하다. 실패라는 단어의 어감은 그 평범함에 비해 극단적이고 무섭다. 사회에서 '실패'라는 딱지가 붙으면 꼭 낭떠러지에서 굴러 떨어져 끝장이라도 나는 것 같다.

하지만 실패한 사람을 낭떠러지 끝에 내몰린 것처럼 바라보기에는 실패란 우리 삶에 너무도 흔하게 도사리고 있지 않은가? 닥치기 전엔 감당하지 못할까 두렵지만, 막상 마주하면 어딘가 낯익은 것이 실패다. 원하는 결말을 위해 우리는 얼마나 자주 크고 작은 실패를 경험하는지. 실패는 우리가 가는 길목마다 발에 채이듯 흔하게 널려있다. 그러니 실패가 특별한 일인 것마냥 호들갑 떨 이유도, 있어선 안 될 일이 생긴 것마냥 분개할 이유도 사실 없다.

예능 프로그램에서 도전 게임에 실패할 때마다 나오는 말이 있다. "쉴!패!" 익살스럽게 외치는 그 샤우팅이 실패 주제에 씩씩해서 좋다. 실패 앞에서 활짝 웃어 보는 것만으로도 참 용기가 나서. 나도 씩씩하게 실패하기로 했다. 직업이 없던 백수로 돌아가보기로 한 것이다. 다시 아무것도 가진 것이 없는, 취업 전의 상태로 돌아가야 했지만 그게 낭떠러지나 끝은 아니라고 생각했다. 내가 끝낸 건 회사생활이지 내 커리어가 아니었고 내가 포기한 것은 월급이지 나의 행복이 아니었으니까.

날개

내 나이에 나를 낳고 내가 초등학생이 되던 무렵 일을 그만뒀던 나의 엄마는 워킹맘을 졸업하고 육아에 전념하게 된 순간이 무척 행복했다고 말하면서도 외동딸의 커리어에 대단한 응원과 은근한 기대를 잔뜩 가진 인물이었다. 나를 키운 시간이 재밌고 보람찼다면서 정작 내게는 커리어 우먼이 되라고 하는 사람. 그런 엄마는 내 퇴사를 누구보다 걱정했다. 엄마가 이해가 가지 않는 건 아니었다. 내가 엄마였어도 똑같은 걱정을 했을 테니까. 딸이 경제적으로 독립한 지가 어언 3년인데, 이제야 좀 다

키워 놨다 했더니 다시 백수라니. 나는 회사에 갇혀있다고 느낄 때가 많았는데 엄마는 회사라는 울타리 안에서 내가 보호받고 있다 생각했던 모양이었다.

"너 그만두면 생활비는?"

"엄마, 내 나이에는 원래 백수야."

이제 나이가 갓 스물다섯 살이 된, 일한 지 3년밖에 되지 않은 아이가 무슨 능력으로 밥 굶지 않을 수 있을지 의심스러웠을 것이다. '나 학교 안 갈래' 정도로 철없게 느껴졌을지도 모를 일이다. 나도 모르는 새 은퇴와 퇴직에 가까운 나이가 된 엄마는 겁이 난 듯했다. 정년이 보장된 아스팔트 직장을 두고 왜 굳이 비포장도로로 가겠다고 하는 것인지 그 이유를 백번 이해한대도 아스팔트길로 가라, 말하고 싶은 것이 엄마의 마음이었을 것이다. 게다가 나는 나의 퇴사가 부모와 상의할 일이라고 생각조차 하지 않는 딸이었다. 뭐가 그리 뻔뻔하고 당당했는지는 모르지만, 나에 대한 엄마의 걱정과 불안은 엄마의 몫이니 알아서 마음을 정리하라고 선까지 그었으니 엄마는 여러모로 내게 서운했을지도 모르겠다. 그런 엄마에게 내가 할 수 있는 말은 그저, 나는 퇴사 후에도 그대로 나일 것이며 그것이 곧 내 인생의 끝이라고 전혀 생각하지 않는다는 것뿐이었다.

"엄마, 나 그냥 월급이나 직장이 없을 뿐이야."

"엄마, 나는 퇴사했다고 내 인생 자체가 실패했다고 생각 안 해."

"나는 하고 싶은 일이 아주 많아. 이건 아주 좋은 일이지."

언젠가 엄마는 나를 키우는 일이 도 닦는 일이라 한 적이 있다. 골프랑 자식은 정말 마음처럼 안 된다나. 엄마 스스로 나의 선택에 대한 생각을 정리해 가길 기다리며, 나는 그 혼란을 모르는 척 내 근황을 하나씩 전했다. 오늘은 사직서를 냈고 마지막 출근일을 정했다, 오늘은 짐을 뺐고 사용하던 노트북을 반납했다 같은 것들.

"오늘이 마지막 출근이라 저녁 늦게까지 사무실에 있었어. 휴게실 간이침대가 제일 그리울 것 같아서 잠깐 누워 있다 왔지 뭐."

그렇게 전화로 나의 심경을 하나씩 전달할 때마다 엄마는 무심한 듯, 못마땅하면서도 나는 여전히 우리 딸이 좋다는 목소리로 "그래. 그냥 니 팔 니가 흔들면서

멋대로 살아라"라고 대꾸했다. 어딘가 투박하고 거친 표현이었지만 내겐 응원으로 들렸다. 하루하루 시간이 지나고 보니 어느 샌가 엄마는 조용히 내 편이 되어 있었다. 일을 완전히 그만두고 한 달쯤 지난 어느 날, 엄마에게 카톡이 왔다.

'날개 달았을 때 하고 싶은 거 다 하렴.'

순간 내가 잘못 본 게 아닐까 싶었다. 아무런 맥락도 없는 뜬금없는 말. 날개가 뭘 의미하는 걸까 아무리 고민해봐도 내게 무슨 날개가 있다는 건지 알 수 없었다. 굳이 따지자면 퇴사한 나는 날개가 떨어진 상태가 아니었을까. 퇴사한 내게 무슨 날개가 있다는 건지, 수수께끼 같은 말에 머릿속이 복잡해졌다. '날개?' 하고 물으니 잠시 뒤 엄마는 달랑 두 글자를 보내왔다.

'자유.'

맞다. 20대를 가로지르는 지금 나의 날개는 '회사'가 아닌 '자유'일지도 모른다. 어디에도 종속되지 않고 무엇이든 할 수 있는 자유가 날개가 되다니. 지금의 자유도 날개가 된다는 걸 알려준 건 내 퇴사를 누구보다 걱정하던 엄마였다. 나도 몰랐던 걸 알려줄 수 있는 걸 보면 분명 엄마는 나의 인생 선배다. 눈에 보이진 않지만, 당장 나를 높고 잘나 보이는 곳에 데려다주는 것은 아니지만 자유는 분명 내가 되찾은 특권이었고 하고 싶은 걸 다 해볼 수 있게 해주는 유일한 뒷배였다. 엄마의 응원에 발바닥이 간지러워지는 것을 느꼈다. 그 말 한마디에 진짜 자유롭게 날고 있는 듯한 기분이 들었다. 나는 나도 모르는 새 날고 있었다. 자유롭게.

소문

왜 그만뒀는지에 대한 대답은 정말 여러 가지 버전으로 만들어낼 수 있었다. 딱 떨어지는 하나의 이유로 퇴사한 것이 아니기 때문이다. 그래서 그런지 내 퇴사 후 행보에 대해서는 다양한 추측들이 무성했다. 사표 내고 몇 주간 굿바이 인사 약속을 잡았다. 퇴사 후 계획을 묻는 질문은 단골이었다. 그만두는 마당에 굳이 숨기거나 감출 것이 있을까 싶어 당시 가지고 있던 이런저런 계획을 읊었다. 남들의 기대처럼 계획이 하나가 아니었던 게 문제였을까? "퇴사하면 제주도 한 달 살기를 할 생각이에요!"라고 말했더니 다음 날 회사에는 내가 제주도에 집을 샀다는 소문이 돌았다. "학교로 돌아가 대졸자가 된 다음 대학원을 갈 생각이에요!"라고 했더니 대학원생이 되려고 그만둔다는 말이 돌았고, 남자친구 있느냐는 질문에 "있어요!" 했더니 결혼한다는 소문이 돌았다. 누군가는 이 모든 소문 중에 무엇이 진실이냐고 직접 묻기도 했는데 다 일정 부분 사실이라 할 말이 없었다. 그러니까 다 맞고 다 틀린 말이었다. 소문이 원래 다 그렇지, 뭐.

빠짐없이 들었던 질문도 '왜 그만두느냐'였다. 나름 잘 설명해보려고 애썼는데 듣는 이마다 다르게 이해했다. 나는 자유로워지고 싶었고, 삶의 생기를 되찾고 싶었고, 미처 몰랐던 시간이라는 진귀한 가능성을 나에게 선물해보고 싶었다. 내 인생의 주인이 되고 싶었고, 내 인생에서 구현해보고 싶은 가치가 여기 없다는 걸 깨달아서 멈춰야겠다고 다짐하고 멈추는 것뿐이었다. 하지만 내 설명이 설득력이 없었던 모양이다. 다들 자기 나름대로 이해한 부분에서 내가 퇴사하는 이유를 찾았다. 내가 번아웃이라느니, 업계가 흉흉하다느니, 요즘 애들이 약았다느니 했다.

사실 퇴사를 실천하기에 가장 큰 용기를 주었던 건 다름 아닌 책, 《장자》(오강남 편역, 현암사, 1999)였다. 장자가 아니었다면 당시 내 상태에 대한 이해도 부족했을 것이고 퇴사에 대한 확신도 들지 않았을 것이다. 또 불필요한 오해를 받고 싶지 않아서 내 퇴사 후 플랜마저 회사 사람들에게 말하지 못했을 것이다. 왜 그만두냐는 질문에도 의기소침하게 대답했을 것이다. "힘들어서요" 다섯 글자 정도로 말이다. 그러나 장자는 내게 새로운 생명력이 되어 줬고, 그냥 나답게 살기로 다짐할 수 있는 용기가 되어줬다.

《장자》의 제1편 제목은 '소요유(逍遙遊)'다. '훨훨 날아 자유롭게 노닐다'라는 뜻이다. 여러 이야기가 나오는데 몇 가지 소개할까 한다. 크기가 몇천 리 되는 물고기, '곤'은 '붕'이라는 새가 된다(化). 붕은 날개가 하늘처럼 큰 새였다고 한다. 물고기가 새가 되다니. 바다 깊은 곳에서 하늘 높은 곳으로 가다니. 이게 무슨 말일까.

장자는 이 비상(飛翔)을 변화(變化), 즉 초월(超越)이라고 이야기한다. 그러니까 물고기가 새가 되었다는 건 그만큼 '초월'했다는 뜻이다. 나아가 초월이라는 가능성의 크기가 깊은 바다에서 저 높은 하늘의 범위만큼 크고 무한하다는 비유다. 장자가 곤과 붕을 통해 하고 싶었던 말은 '차원'에 대한 이야기였으리라 생각한다. 초월이란 바다 깊은 곳과 하늘 높은 곳의 차이만큼 다른 차원으로 가는 일이라고 말하고 싶었던 게 아닐까 싶다. 슝 하고 다른 차원으로 가는 것이 인간의 비상이고 그 변화의 가능성은 물고기가 새가 될 만큼 무궁무진하다고.

그렇게 하늘로 올라간 붕새는 '큰 바람'을 통해 하늘을 난다고 한다. 장자는 붕새의 비상에 바람의 역할이 필수임을 강조하는데, 내가 읽은 《장자》를 엮은 오강남 씨 풀이에 의하면 '여러 종교 서적에 비춰 볼 때 여기서 말하는 바람은 신바람 같은 생기(生氣)에 가깝다'고 한다. 그러니까 요약하자면 초월한 인간은 다름 아닌 생기로써 하늘을 나는 것이다. 무한한 가능성을 펼치는 인간의 모습을 곤이 붕이 되어 생기를 가지고 날아오르는 모습으로 비유한 것이 아닐까. 붕새의 비상을 이해하기 위해 이 구절을 읽고 또 읽고 나니 장자가 내게 말하는 것 같았다. 당신의 잠재력이 곤에서 붕이 될 만큼 크니 생기를 발판 삼아 활기차게 비상해보라고. 그것이 진정한 자유라고.

하지만 이렇게 초월의 경지에 올라 큼지막한 날개로 바람을 가르는 붕새가 모두의 부러움을 사는 것은 아니다. 이러한 붕의 비행을 비웃는 새가 있었으니, 그건 바로 메추라기였다. '나는 이 숲에서 저 덤불로 날아가는 게 전부인데 도대체 저 붕새는 저 멀리 어디를 가는 걸까?' 하고 묻는 새. 무엇하러 저리 힘들게 멀리 날아가려 하느냐는 물음이었다. 장자는 메추라기의 물음에 대해 큼과 작음의 차이가 이렇다고 말한다. 그렇다. 메추라기는 붕새가 왜 구만리를 날아가는지 알 수 없다. 메추라기와 붕새는 '차원'이 다르기 때문이다.

회사를 그만둘 때 여러 추측들이 많았던 모양이다. 묻지도 않았는데 누군가 불쑥 내게 와 분통을 터뜨렸다.

"어머, 내가 누구랑 밥 먹었는데 너 남자친구 있어서 그만두는 거라며?"

예전 같았으면 밤새 신경이 쓰였을 말이 아무렇

지도 않았다. 나의 퇴사를 둘러싼 숱한 오해도 소문도 더 이상 껄끄럽거나 염려되지 않았다. 메추라기는 왜 붕새가 구만리를 날아가는지 알지 못한다. 알지 못하는 것을 알려줄 방도는 없다. 어쩌면 당연하다. 모두가 같은 하늘에서 사는 것은 아니니까.

선택을 책임지기

일을 시작하고 나서야 아빠를 이해하게 됐다. 아빠 나이
가 딱 부장님뻘이었기 때문이다. 어느 곳에서건 일하다
보면 딱 봐도 자식하고 소통이 안 될 것 같은 상사를 만
나게 된다. 나야 퇴근하고 안 보면 그만이지만 그를 부모
로 둔 자식의 마음은 어떨까 생각해본 적이 있다. 실제
로 이제 막 사회생활을 시작한 또래 친구들을 만나면 너
나 할 것 없이 각자 회사에서 모시고 있는 가부장과 각자
의 집에 하나씩 있는 가부장에 대한 이야기를 하곤 한다.
"아빠, 제발 회사 가서는 이러지마." "아빠, 회사에서는

신입사원한테 그런 말 하면 안 돼. 욕먹어. 알았지?" 같은 것들, 안 해본 딸내미는 없을 것이다.

하지만 연차가 쌓일수록 아빠뻘인 부장님들을 볼 때면 술 취한 아빠가 자고 있던 내 볼에 뽀뽀하던 밤들이 떠올랐다. 내 생각보다 집 밖의 아빠는 힘들었겠구나. 직장을 20년 다녀도 사회에서는 인정보다 의심을 받는 경우가 더 많구나. 나의 세상도 이렇게 벅찬데 아빠의 세상은 얼마나 팍팍할까. 그렇게 조금씩 내게 아빠가 다르게 보이기 시작했다. 매일 버티고 무언가를 상실하고 실패를 짊어진 채, 회사에서도 집에서도 조금씩 소외되었을 50대 남성. 그제서야 일을 시작하기 전에 나는 한 번도 아빠의 삶을 알려고 한 적이 없었다는 걸 깨달았다. 요즘 고민이 뭔지, 무엇이 아빠를 기쁘게 하는지 물어볼 법도 한데. 왜 그렇게까지 몰라줬을까.

내가 열세 살 때쯤 가족끼리 '인생 만족도 테스트' 같은 간이 심리 테스트를 한 적이 있다. 엄마, 아빠, 나, 이렇게 온 가족이 해봤는데 그중에서 아빠의 만족도가 가장 낮았다. 가족 중에 아빠만이 사회생활을 하고 있을 때라 내 눈에는 늘 멋져 보였는데 아빠가 별로 행복하지 않다는 사실에 많이 놀랐더랬다.

"아빠, 나 일 그만두고 싶어."

퇴사를 결심하고 어느 날, 지나가듯 아무렇지 않은 척 말했다. 나도 모르게 아빠는 이해해 줄 거라고 믿었던 모양이다. 아빠는 놀란 듯 보였다. 하지만 이내 하고 싶은 대로 하라는 말이 돌아왔다. 그러곤 하루도 지나지 않아 아빠는 우려 섞인 말들을 쏟아냈다. 회사 생활이 다 그렇다, 누가 자아실현을 하러 회사를 다니냐, 버티는 것도 이기는 거다, 다시 생각해봐라. 그만하고 싶다는 말 한마디면 적어도 아빠는 그 말의 의미를 알아줄 줄 알았는데. 아빠도 해봐서 알 텐데, 왜 내가 벗어나고 싶은 곳에 매여 있으라고 할까.

쏟아지는 설득에 침묵으로 일관하며 서운함을 삭히다 3일 만에 입을 열었다. 아빠의 우려들을 날려버릴 회심의 한마디를 준비한 참이었다.

"아빠, 이 회사에서 3년 일한 걸로 아나운서 하겠다는 내 선택에는 책임진 거야. 그러니까, 나는 다른 진로를 선택을 할 자격이 있고 그 선택도 책임질 수 있어."

책임. 아빠를 설득할 나의 무기는 '책임지겠다'는 말이었다. 일을 시작하고 나서 알게 된 것, 아빠의 삶을 관통하는 단 하나의 단어는 '책임'이었다. 하루 종일 오물 통에서 구르다 온 것처럼 온몸에 밴 세상 썩은 악취들을 견디고 버티는 기분. 더러운 세상, 다섯 글자를 살아내는 마음. 그 마음에는 '책임지고' 싶은 바람이 가장 컸을 것이다. 아빠를 이해하는 데 가장 큰 도움이 되었던 감정, '책임감.' 이것 하나면 아빠는 날 믿어줄 거라고 생각했다.

그 말이 통했는지 모르겠지만 아빠는 내게 '전폭 지원' 네 글자를 보내왔다. 그냥 믿어달라는 것뿐이었는데 또다시 '아빠가 너를 책임질 테니 마음껏 기대라'는 말로 들려서 슬펐다. 뭘 또 큰소리를 치는 거야, 미안하게. 나를 응원해달라는 말이 아빠에게 슈퍼맨이 되라는 이기적인 말은 아니었을까. 다행히 퇴사 후 아예 일이 없진 않았다. 회사 다닐 때만큼 넉넉하고 안정적인 수입은 아니었지만 간간이 방송일도 하며 어쨌거나 내 한 몸은 건사했다. 퇴사 전보다 집밥은 더 많이 먹게 됐지만, 아무튼.

아빠가 내 선택을 믿어준 덕분에 나는 내 두려움과 책임감을 아빠와 나눠 지고 산다. 가족이라는 건 하늘의 무게를 함께 버티는 사이 같다. 무너질 것 같은 하늘도 같이 어깨동무하고 천장 받치듯 서 있으면 어떻게든 봉합은 되었다. 하늘 아래 유일한, 서로를 책임지는 사이, 그것이 가족이고. 언제나 나를 책임지고 싶어 하는 사람, 그것이 아빠였다.

사회생활을 시작한 나 자신을 홀로서기를 시작한 사람이라고 여긴 날이 많았다. 독립적이고 주체적인 삶을 사는 것이 어른이고 그게 곧 '홀로서기'라고 생각했기 때문이다. 그래서 일을 시작하고는 경제적, 정서적으로 독립했다는 이유로 월급도 마음도 꽁꽁 숨겼다. 힘든 일을 이야기하거나 어딘가 궁핍하다는 걸 고백하는 게 꼭 홀로 '못' 서는 사람 같아 보일까 두려워서였다. 그리고 많은 것을 혼자 해결하려고 하면서 나는 외로워졌다. 사는 건 홀로서기가 아니구나. 지독하게 공허해지고 나서야 깨달았다. 그래서 홀로서기를 그만뒀다. 퇴사 후 주변 사람들에게 기대는 일이 잦아졌다. 가족과 친구들에게 속상하고 낙담했다는 말도, 오늘은 쓸쓸하다는 표현도 주저 없이 한다. 이제야 내 감정을 인정하고 살피는 여유가 생겨서도 있겠지만, 홀로 서는 일이 얼마나 외롭고 스스로에게 박한 일인지 알게 된 까닭도 있다. 홀로 서겠다고 애쓰지 않아도 어른이 될 수 있다. 그 사이 결혼을 하고 애도 낳고 보니 오히려 어른이란 사랑하는 사람과 기꺼이 연대하고 나 아닌 누군가를 책임지는 사람이었다. 이제는 사랑하는 사람들과 나란히 함께 서기로 했다.

그렇게 즐겁지 않았으니까

제일 좋아하는 코미디언은 박미선 씨다. 입덕 계기는 일명 '그렇게 즐겁지 않았으니까' 사건이었다. 박미선 씨가 SNS에 올린 셀카에 대해 양희은 씨가 만들어진 웃음 같다는 댓글을 달자, 그녀가 "그렇게 즐겁지 않았으니까"라고 대답한 일이었다.

요즘은 연예인과 일반인의 경계가 없다고들 한다. SNS에서 연예인만큼이나 화제성과 영향력을 뽐내는 사람들을 '인플루언서'라고 부르기도 하고. 그렇게 경계가 사라지다 보니 너도나도 자신의 감정을 포장하는 일에 열심이다. 감정을 포장한다는 건 감정에 방부제를 뿌리는 일 같다. 유통기한이 지났으면 썩어야 하는 데 좀처럼 썩지 않는다. 기쁨도 슬픔도 견고히 박제되는 SNS 속 감정의 모양새가 건강해 보이지 않는다는 생각을 자주 한다. 매일의 기분에 방부제 포장을 반복하다 보면 자기감정에 스스로가 속는 경우도 생기기 때문이다.

　　　보여지는 일을 하며 하나 분명히 느낀 점은 실제는 방송보다 훨씬 더 시시하다는 것이다. 당연한 말이다. 방송보다 실제가 더 재밌다면 그건 편집에 문제가 있는 거니까. SNS상의 감정과 실제 감정도 그렇다. 진심은 포장된 감정들보다 훨씬 시시하고 평범했다. 사실은 그렇게 즐겁지 않고, 사실은 그렇게 행복하지 않았다. 하지만 일하던 당시에는 행복해 보이는 것이 곧 행복이었고, 불행해 보이는 것이 곧 불행이었다. 내가 그랬던 것처럼 모두가 일정 부분 자신의 감정을 속이며 자신이 표현한 감정이 곧 자신의 것이라 착각하며 살고 있을지도 모른다. 하지만 한 번쯤은 고민해봐야 한다. 타인의 부러움을 나의 기쁨이라고 착각하고 있지는 않은지, 불쌍해 보일까봐 과도하게 행복하다고 말하고 있진 않은지, 사실은 그저 그런 무탈하고 평범한 감정들일 뿐인데 무리해서 포장하고 스스로를 부자연스럽게 만들고 있진 않은지 말이다. 일을 시작한 뒤로는 타인의 SNS를 그다지 부러워하지 않게 됐다. 내가 그랬던 것처럼 사실은 SNS에 표현된 만큼 그렇게 즐겁지 않았을 확률도 높고 무엇보다 스스로가 자기 자신의 감정을 제대로 알고 있으리라는 보장도 없으니까. 타인의 SNS는 더 이상 내 자격지심을 건드리지 않는다.

'방송 할 때 눈이 웃어야 한다'는 말을 참 많이 듣는다. 사실은 긴장되고 사실은 그렇게 즐겁지 않은데 웃으려니 나도 모르게 입만 웃고 있는 경우가 잦아서 그렇다. 나의 경우는 눈으로 웃는 게 더 편해서 가끔은 눈만 웃고 있기도 했는데 눈만 웃는 건 입만 웃는 것보다 더 이상했다. 어쨌거나 '표정'은 비언어적 표현이니 방송에 맞는 감정을 유지하는 것은 프로로서 응당 해야 하는 일이다. 내용에 공감해야 더 잘 전달할 수 있는 것은 사실이니까. 다만 업무의 내용과 무관하게 일상에서조차 감정이나 이미지를 '메이킹' 해야 한다는 건 기괴하게 느껴졌다. 회사 가는 게 지치고 힘들었을 무렵 일상

속 내 표정이 영 가짜 같았는지, 하루는 누군가 내게 '가면 우울'을 조심하라고 말해주었다. 허탈했다. 가면 쓰는 것도 겨우 안간힘을 다해 쓰는데 가면으로 생길 우울까지 조심해야 한다니. 가면을 들켰다는 민망함보다도 왜 이렇게 내 기분과 정신 건강에 대해 왈가왈부하는 사람이 많은 것인지, 내가 만들어내는 모든 감정이 진짜 가짜 할 것 없이 전부 사회가 원하는 감정이 아니라는 생각에 힘이 빠졌다. 아마도 그땐 스트레스가 컸던 모양이다.

감정 노동이라는 말은 이상한 면이 있다. 기분으로 노동하고 뭔가를 생산하는 것이 이상하지 않은가. 2019년, 연예 정보 프로그램을 진행하며 두 명의 자살 소식을 전했다. 사람들은 그들이 감정 노동자이기 때문에 자신의 감정을 숨겨야 한다고 했다. 그 직업이 하는 일이 원래 그런데, 왜 굳이 말과 행동으로 감정을 표출하느냐는 비난이었다. 사람의 기분이라는 건 언제나 이해받고 싶어 하는 속성을 가졌다. 그래서 가짜 기분에 대한 지지와 응원은 가끔 진심을 외롭게 한다. 인간이 노동과 자기과시의 일환으로 스스로의 감정에 방부제 포장을 하는 것이 슬프다. 가짜를 진짜처럼 보이게 하라고, 진짜는 중요하지 않다고 말하는 건 우리가 우리 스스로를 불행하게 하는 일이 아닐까. 콘텐츠 소비자가 포장된 순간을 더 잘 즐길 수 있게 개인의 삶을 통째로 포장해버리라는 사회가 잔인하다는 생각도 든다.

　　하루에 많을 땐 100명가량의 사람(PD님들, 작가님들, 카메라 감독님들, AD님, FD님, 출연진 등)을 무작위로 만나다 보니 나는 자연스레 나를 지키는 일에 대해 예민해졌다. 나를 지키는 일에 촉각을 곤두세우지 않으면 나도 모르는 새 나의 일상을 가짜인 감정들로 채우게 됐기 때문이다. 타인의 기대에 부응하기 위해 노력하는 시간이 길어질수록 '지금 내 감정은 이게 맞아, 이러이러해야 해' 하고 기분에 답을 찾기 위해 노력하는 날이 반복됐고, 어느 날 문득 아무리 배설해도 해소되지 않는 감정들을 고스란히 마주해야 했다. 풀리지 않는 분노와 짜증이 어디서부터 왔는지 한참을 살펴본 뒤에야 상처투성이인 진심들을 발견했고 그제서야 감정을 숨겨온 내 자신이 딱하게 느껴졌다. 이런. 가면이랍시고 열심히 썼는데 그마저도 종이 가면이었구나. 비가 오면 홀딱 젖는.

나를 지키는 것은 무엇인지 알기까지도 오래 걸렸다. 방송 3년 차에 대강 깨달은 바는 나를 지키는 일의 기본은 내 기분을 지키는 일이라는 것이었다. "회사에 죽상 쓰고 다니지 말아. 친절하면 좋잖아"라는 말에 더 이상 수긍하지 않는다. 친절하면 누가 좋은가? 그렇게 즐겁지 않은 일은 그렇게 즐겁지 않게 하면 그만이다.

긍정 파산

회사 생활 중 힘이 죽죽 빠질 때면 '긍정!'을 외치며 내 허벅지를 꼬집었다. 20년 남짓한 짧은 인생에 배워둔 위기 극복 태도가 '긍정'뿐이어서 할 수 있는 게 그것뿐이었다.

무례한 사람을 만나도 긍정!
'이 만남이 먼 훗날 내게 가르침을 줄 거야!'
몸과 마음이 완전히 지친 날에도 긍정!
'오늘의 힘듦은 분명 내일의 자양분이 될 거야!'

그만두고 싶다는 말이 차오르는 날에도 긍정!
'이 모든 건 지나갈 거야!'

　　그러던 어느 날 나는 무한히 긍정적인 사람이 아니라 그저 미래의 긍정을 가불하며 살고 있었음을 깨달았다. 그리고 언젠가 긍정이 동나면 파산할 수도 있다는 것을. 긍정이 가불해준 정신승리로 살다가 어느 날 억눌러오던 비관 인플레를 견디지 못하고 자기혐오의 늪에 빠질 내가 그려지자 눈앞이 아찔했다.

　　긍정이 무력해지는 순간은 부당함을 마주할 때다. 긍정 회로를 아무리 돌려도 도저히 납득할 수 없는 상황을 마주할 때. 세상이 긍정의 뺨을 아주 세게 후려치는 순간 말이다. 대개 그런 순간들은 갑작스럽고 심지어 당사자에게 발언권조차 없는 경우가 다반사라 눈 뜨고 코 베이듯 멍하니 당하다 끝나곤 한다. '그렇게 됐어' 다섯 글자면 상황 종료. 나의 네, 아니오 따위는 관심 없는 결론들. 그럴 땐 어딘가 단순하고 촌스러운 내 오랜 친구 '긍정'이 그렇게 안쓰러울 수가 없었다. 긍정만으로 삶을 살기에 세상은 각박했다. 긍정은 7세 관람가 영화의 결말에 적합한데 세상엔 청소년 관람불가 서사가 가득했으니까.

긍정을 대신할 태도가 필요했다. 험한 세상을 어떤 자세로 헤쳐 나갈 건지 새로운 태도를 배울 때가 된 것이었다. 긍정의 한계를 넘어서줄, 세상에 맞설 만한 태도. 긍정이 2020년대에 더 이상 유효하지 않음을 인정했을 때 내가 떠올린 것은 박노해의 〈나는 순수한가〉(《참된 시작》, 느린걸음, 2016)라는 시였다.

> 나의 분노는 순수한가
> 나의 슬픔은 깨끗한가
> 나의 열정은 은은한가
> 나의 기쁨은 떳떳한가
> 오 나의 강함은 참된 강함인가
>
> ―박노해, 〈나는 순수한가〉 중에서

분노, 열정, 슬픔, 기쁨, 강함. 변수 가득한 세상에 이 정도 무기는 있어야 한다. 순수한 분노, 은은한 열정(나는 광기라고 쓰고 싶다), 깨끗한 슬픔, 떳떳한 기쁨, 참

된 강함이 있다면 긍정으로 메꾸지 못한 세상의 기묘함을 잘 처리하며 살 수 있지 않을까.

　　나는 긍정과 이별했다. 그보다는 분노와 슬픔으로, 기쁨과 강함으로 변화무쌍한 세상을 살기로 했다. 마땅히 분노해야 할 일에 분노하고 열정은 쉽게 동이 나지 않게 은은히 간직하고 슬픔에는 불필요한 나르시시즘이나 동정을 담지 않고 기쁨은 그 출처를 분간해서 느끼기로 했다. 말도 어렵고 삶에 적용하기란 더 어려운 것들이다. 적어도 분명한 건 이제 더 이상 긍정에게 '알아서 하라' 하며 책임을 떠넘기지 않는다는 것이다. "괜찮아"라는 말이 아무것도 해결해주지 않는다는 걸, 차라리 분노하거나 슬퍼하는 것이 더 강한 사람의 태도라는 걸 알게 됐다.

　　사회생활을 하며 만나는 여러 군상 중 가장 강해 보였던 사람은 찔러도 피 한 방울 나오지 않을 것처럼 감정 변화를 드러내지 않는 사람이었다. 나는 긍정 하나를 약으로 삼아 정신건강을 간신히 붙들어 매는데, 긍정 따위는 보조제 취급도 하지 않을 것처럼 멘탈에 흔들림이 없어 보이는 사람. 쉽게 무너지는 나와 달리 매사 초연한 모습을 볼 때면 그가 냉혈한처럼 느껴지기까지 했다. 지나고 보니 그런 부류의 사람은 닳고 닳을 정도로 분노와 열정과 슬픔과 기쁨을 느껴본 사람이 아니었을까 싶다. 조심스러운 추측이지만 그는 이미 분노해야 할 것과 슬퍼해야 할 것, 기뻐해야 할 것은 분명히 구별할 수 있고 각각의 감정들을 남의 눈에 띄지 않게 조용히 처리할 수 있는 사람이었을 것이다. 분노가 꼭 밥상을 엎어버리는 것으로만 표출되는 것은 아니니까. 슬픔이 꼭 눈물 콧물 다 쏟는 방식으로만 발현되는 것은 아니니까. 냉혈한 같던 그도 어쩌면 나와 같이 닳고 닳아 긍정과 이별한 사람이었는지 모른다. 좀처럼 감정을 드러내지 않는 건 그만의 생존전략이자 적응의 결과였을지도 모르고.

팔자가 말해주는 것

입사하고 석 달은 인턴 신분으로 보도국이나 교양, 예능 부서를 돌며 현장 실습을 했다. 부서마다 분위기가 하늘과 땅의 차이만큼 달랐다. 첫 마디가 "나 ○○○ 부장인데 어디로 와"인 부서도 있었고 "커피 사줄까?"로 시작하는 부서도 있었고 "수민 씨 반갑습니다"라고 하는 곳도 있었다. 돌이켜 보니 내 인생에 그만큼 다채롭고 흥미진진한 시간이 다시 있을까 싶다.

　　매일 평균 스무 명 정도의 새로운 사람을 만나 고개 숙여 인사하고 자기소개를 했다. 아나운서 준비생들이 연습하는 그런 자기소개가 아니라 정말 세상에서 처음 만난 사람에게 건네는 자기소개. "안녕하세요, 저는 김수민이에요. 올해부터 아나운서 팀에서 근무하게 됐습니다. 잘 부탁드려요." '엥, 저게 다야?' 싶을 정도로 식상한 인사. 식상하지만 신입사원에겐 최선인 인사를 건네는 그 순간이야말로 방송국이 더 이상 픽션 아닌 삶의 현장이 되는 순간이었다.

그렇게 인사하고 나면 며칠간 낯선 부서에서 낯선 선배를 따라다니며 어떻게 현장이 운영되는지 보고 배우게 된다. 며칠 따라다니다 보면 가까워지기도 했고 중간중간 짬이 나면 선배들과 재밌는 사담을 나누기도 했다. 그중 두 번이나 서로 다른 부서의 선배가 각각 "야, 너는 어떤 팔자길래 이렇게 빨리 아나운서가 된 거야?" 물은 적이 있다. 그 두 번의 경험을 생생히 기억하는 이유는 실제로 선배들이 내 생년월일시를 물어보시곤 그 자리에서 같이 만세력을 돌려봤기 때문이다. 내 팔자가 진짜 궁금하셨던 모양이었다. 놀랍게도 내게 두 번이나, 성격이 완전히 다른 부서에서 있었던 일이다.

여덟 글자를 함께 보며 "저 팔자 어때요?" 물었

던 기억이 난다. 의욕 넘치게 만세력 엔진을 가동했지만 그 해설은 시작에 비해 힘이 빠질 만큼 별 내용이 없었더랬다. 운명이라는 것이 정말 있을까?

아나운서를 준비할 때는 길거리에서 진로 운을 볼 때마다 "저 아나운서 준비하는데 될까요?"라고 물었다. 하지만 한 번도 될 거라는 말을 들은 적이 없다. 퇴사를 고민할 때도 주변에서 서너 군데나 추천해줘서 여러 번 "저 그만둬도 될까요?"라고 묻고 다녔다. 그리고 한 군데도 빠짐없이 모든 곳에서 "안 돼. 더 다녀"라는 말을 들었다. 하지만 나의 고집은 운명의 여덟 글자만큼이나 억센 면이 있어 지금 그 말대로 된 것은 하나도 없다. 듣지도 않을 말을 괜히 들어보려 했던 내가 웃기기도 하다.

퇴사하고 석 달 정도 내가 다녔던 아나운서 학원에서 아나운서 준비생들을 만나 수업을 한 적이 있다. 길어지는 아나운서 준비가 답답하고 불안해서 나를 만나러 온 경우가 많았다. 나도 내 인생이 막막한데 겨우 아나운서로 취업 한 번 해봤다고 이렇다 저렇다 하는 게 부끄럽긴 했지만 적어도 깊은 공감은 해줄 수 있었다.

하루는 수업 중에 상담을 하다 상담의 내용이 답이 없는 불안과 걱정의 도돌이표에 빠져 있음을 느꼈다. 답이 없는 대화 끝에 "이러다 점 보러 가겠는데요" 했더니 "맞아요, 오늘 오는 길에도 갔다 왔어요"라는 답변이 돌아왔다. 암, 알지, 알지. 그 마음 알지.

우리는 언제나 '미래'가, '정해진 운명'이 궁금하다. 가끔은 타인의 것까지도. 하지만 좋은 운명이라는 게 있긴 할까? 좋은 팔자는 뭘까? 완벽한 인생과 군더더기 없는 삶은 도대체 어떤 모습이길래 우리를 이토록 유치하게 만드는 걸까. 낯선 이에게 나의 생년월시를 귀띔하고 듣고 싶었던 말을 듣기 위해 기다리거나 혹은 결국엔 귓등으로도 듣지 않을 말을 기어코 듣고 싶어 하는 이유는 뭘까.

나의 경우 내 여덟 글자, 팔자가 궁금해지는 순간은 누군가가 내 일을 대신해줬으면 하는 마음이 들 때였다. 내 짐을 타인에게 떠넘기는 마음이랄까. 남이 내 일 좀 해결해줬으면 할 때 나는 내 팔자가 궁금해졌다. 변명하고 싶고 회피하고 싶을 때. 또 가끔 사람의 계획이나 의지대로 일이 풀리지 않을 때도 그랬다. 벼락 같은 행운이나 불행 앞에서 우리는 운명을 탓하고 싶어지니까.

　　하지만 누군가 알려주는 미래와 운명의 가장 큰 특징은 그 아무도 그 말에 책임지지 않는다는 것이다. 미래를 맞추는 예언가보다 맞추지 못하는 예언가가 월등히 더 많다는 것도 기이하고 점쟁이의 말은 현실이 되지 않아도 환불은커녕 아무런 책임도 없다는 것이 이상하지 않은가. 그러니까 따지고 보면 '될 거야, 안 될 거야' '좋아, 나빠'처럼 타인이 뱉는 말들은 무책임한 말이다. 팔자에는 좋은 것도, 나쁜 것도 적합한 것도 없다. 팔자가 좋건 나쁘건 나는 당장의 오늘을 살아내야 하고 운이 좋건 나쁘건 내가 원하는 방향에 변함이 없으니까. 게다가 감정은 주관적인 것이니 운이 좋은 날 슬플 수도 있고 나쁜 날에 웃을 수도 있지 않은가. 팔자는 우리를 지배할 수 없다. 결국 운명의 해결사는 나 자신이니 말이다. 너도 나도 그 누구도 우리의 운명을 알 길은 없다.

라디오 뉴스

신입사원 시절 나를 가장 괴롭혔던 업무는 라디오 뉴스였다. 그리고 지금, 퇴사 후 가장 그리운 업무도 라디오 뉴스다. 라디오 뉴스는 정해진 시각 정각마다 4분 20초 또는 4분 40초 정도 단신 기사를 연달아 전달하는 일이다. 라디오 부스에서 보도국에서 보내준 단신 기사를 일고여덟 개 정도 받아서 시간에 맞춰 읽을 분량을 추리고 마지막엔 '서울의 현재 기온, 습도, 나의 이름, SBS'라는 콜 사인까지 하면 끝나는 일. 알아서 시간 '만' 맞춰 읽으면 되는 간단한 일인데 내겐 세상 그 무엇보다 어려웠다. 3초 이상 '마가 뜨면(정적이 흐르면)' 방송 사고가 되기 때문이다. 오디오 매체인 라디오에서 3초 이상 아무 소리도 들리지 않는다면? 정말 생각만 해도 아찔한 사고다.

시간을 맞춰 읽는 것이 왜 어려웠는지 잠시 이해를 돕기 위해 예시를 들자면, 라디오 부스에 들고 들어온 기사를 전부 랩 하듯 빨리 읽어서 4분 만에 다 읽어버리면 40초를 남기고 아무 말이나 해야 하는 고역(말이 좋아 고역이지 엄연히 방송 사고다)을 겪어야 하고, 반대로 너무 느리게 읽게 되면 콜 사인 전에 마이크가 닫히면서(마이크는 배당된 편성 시간에 맞춰 자동으로 닫힌다) 말하는 도중 뉴스가 끝나버리는 사고를 내게 된다. 그러니 라디오 뉴스의 핵심은 시간을 잘 맞추는 일이다.

'투입'이라고 불리는 '현업 시작' 전 수습 기간에는 이러한 사고에 대비하는 연습을 집중적으로 하게 된다. 방송 경험이 전무했던 나는 라디오 뉴스 연습의 일환으로 매일 초 단위에 맞춰 기사를 읽고 교육을 담당하는 선배에게 뉴스를 녹음해 보내는 과제를 했다. '오독', 현업에선 속된 말로 절거나 씹는다고 표현하는데 내게는 안 섞고 단신 일곱 개를 쉼 없이 읽는 것이 정말 어렵게 느껴졌다. 특히 4분을 넘기고 대략 40초만 남은 것을 시계로 확인할 땐 가슴이 쿵쾅거려서 혓바닥이 파르르르 떨렸다.

하지만 라디오 뉴스는 무조건 생방송이니 몇 번 틀렸다고 "저 처음부터 다시 할래요"라고 할 수도 없는 것이었고, 엉망으로 읽어서 쥐구멍에 숨고 싶어져도 어쨌거나 약속한 시간은 채워야 라디오 부스에서 나올 수 있는 냉정한 프로의 영역이었다. 뱉으면 주워 담을 수 없다는 것이, 끝날 때까지 어떻게든 그 시간을 책임져야 한다는 것이 더더욱 라디오 뉴스를 어렵게 느끼게 했다. 한 번 어렵다고 느끼고 나니 라디오 뉴스는 더욱더 정복할 수 없는 높은 산처럼 보였다. 결국 기가 눌릴 대로 눌린 나는 실제 아닌 연습에서조차 휴대폰 녹음기의 시간이 4분을 넘기면 남은 시간을 확인하는 게 떨려서 마구 오독을 했다. 기사를 읽으며 곁눈질로 남은 시간을 확인할 때마다 버벅인 것이다.

'수민아, 애매하게 5초 남으면 한 문장만 조금 길게 말하면 되잖아. 콜 사인 앞에 'SBS 4시 뉴스를 마칩니다'라고 한 문장 추가해도 되고. 네가 말하는 동안 4분 40초가 끊길 것 같으면 그냥 습도는 읽지 마. 마지막 날씨 기사나 기온, 습도는 네가 말하는 시간을 맞추는 데 쿠션처럼 쓰면 돼.'

분명 머리론 알았는데 몸은 모르는 눈치였다. 제출할 과제를 위해 아무리 뉴스를 녹음해도 완전히 오독 없이 4분 40초를 채우는 건 불가능해 보였다. 그래서 슬쩍, '이 정도 오독은 티 안 나겠지?' 하는 마음으로 오독 섞인 녹음 과제를 제출한 적이 있다. 살짝 오독한 것 말고는 전체적인 어조나 발음이나 스스로 만족했던 녹음이라 과제로 낸 것이었다. 하지만 곧 과제를 받은 선배로부터 전화가 왔다.

"장난하니?"

오독 없는 녹음이 과제의 목표였는데, 오독이 섞인 과제를 냈으니 선배는 충분히 화가 날 만했다. 하지만 60번을 녹음해도 한 번을 오독 없이 읽는 게 불가능할 만큼 내 역량은 부족했고 내 부족함이 장난이라는 오해를 받는 게 억울했다. "죄송합니다"를 반복하고 전화를 끊고는 길바닥에서 한참을 울었다. 아직도 그날의 공기와 일정이 생생히 떠오른다. 겨울날 지하철을 타고 혜화역 스타벅스에서 아르바이트 중인 친구를 만나러 가는 길에 그 전화를 받곤 마로니에 공원에서 목 놓아 울었던 기억이다. 한참 서럽게 울고 나니 오독은 듣는 사람한테 장난하는 것처럼 보이는 치명적인 실수구나, 정신이 번쩍 들었다. 따끔하게 혼난 뒤로 오독을 없애는 일에 목숨을 걸게 됐다. 오독은 습관이라는 말도 있으니 선배는 따끔한 한마디로 나쁜 습관, 안일한 태도가 생기기 전에 교정해주신 셈이었다.

문제의 과제 이후 "수민이는 뉴스는 잘하는데 시간은 못 맞춘다"는 소문이 아나운서 팀 내에 파다하게 돌았다. 지금은 고인이 되신 김태욱 국장님은 그런 내게 '바보 아니면 천재'라는 별명을 붙여주셨다. 그냥 '바보'라고 불러도 충분한 나였는데, 바보 뒤에 은근슬쩍 덧붙여주신 '아니면 천재'라는 말이 나의 부족함을 덜 못나 보이게 했다.

"하하하. 너 아직도 시간 못 맞추니? 수민이 넌 바보 아니면 천재야."

"저 그냥 바보예요…."

의기소침하게 대답했지만 마음속으로 천재처럼 극복해보자 스스로를 다독였다. 칭찬인 듯 칭찬은 아니고 지적인 듯 지적도 아닌 말이었지만 확실한 건 애정 섞인 말이었다. 스스로 못났다고 자조할 때 회사 선배에게 들은 애정 섞인 말 한마디는 큰 힘이 되었다.

　　사회에 나와서 난생처음 가족, 친구 또는 사제지간이 아닌 관계를 맺으며 가장 두려웠던 것은 아무도 내게 쉽사리 애정을 섞어 말하지 않는다는 사실이었다. 대부분의 대화가 상호 애정을 바탕으로 이뤄지던 세상에서 필요에 의해서만 대화가 성사되는 사회로 나오니 타인의 모든 지적이 꼭 내게 못났다 손가락질 하는 것처럼 느껴졌다. 내 뉴스가 얼마나 심각하면, 얼마나 못 들어주겠으면 나한테 저런 말을 하셨을까 확대 해석하기 바빴다. 그렇게 쭈그러든 마음에 애정 어린 말 한마디는 큰 힘이 됐다. "바보 아니면 천재다"라는 말은 "천재다!"라는 말보다 듣기 좋았다. 못나고 부족해도 이해받을 수 있는 것만 같아서. 국장님 말씀은 지금까지도 마음속에 오래 남아 있다.

　　일을 그만둔 지금 가장 그리운 것은 라디오 뉴스

다. 시간 맞추는 일에 적응한 뒤 라디오 뉴스는 하루 중 가장 사소한 업무가 되었다. 숨 쉬고 밥 먹듯이 하루에 서너 번도 너끈히 할 수 있는 기본 중에 기본인 업무. 그와 동시에 언제나 '바보 아니면 천재'인 나를 만나는 두근거리는 일. 라디오 뉴스를 무사히 마치고 오면 수습 시절 생각이 나서인지 괜히 마음이 채워진 듯 뿌듯했다. 스스로 늘었다고 말해줄 수 있는 몇 없는 일 중 하나라서 그랬는지도 모르겠다.

퇴사 전 나의 마지막 업무는 공교롭게도 라디오 뉴스였다. 마지막 라디오 뉴스를 마치고 나오자 한 선배로부터 카톡이 하나 왔다.

'방금 4시 뉴스 잘 들었어. 잘하더라.'

아마 내가 다시는 할 수 없는 일이 바로 라디오 뉴스일 것이다. DJ나 MC는 다른 매체에서도 할 수 있지만 라디오 뉴스는 방송국 소속 아나운서만이 할 수 있는 일이니까. 그래서 더 그리운지도 모르겠다. 가끔 택시에서 들리는 라디오 뉴스를 들을 땐 일할 때 생각이 난다. 이제는 이 생에서 다시 만날 수 없는, 나를 바보 아니면 천재라고 불러주시던 국장님도.

사소하고 소중했던, 일상 속 나를 가장 뿌듯하게
했던 업무. 회사 들어갈 땐 제일 못하던 걸, 그래도 잘한
다 한마디는 듣고 나왔다. 다행이다.

멀리서 보니 다 작아 보이는 게 웃기네

실패를 극복하는 가장 빠르고 효과적인 방법은 실패를 과거로 만들어 버리는 것이다. 과거는 아무런 힘이 없다. 가령 '아나운서 시험 30번 떨어지고 기업인으로 성공' 같은 소개 글. 아나운서 시험 불합격은 현재의 성공에 비하면 별일 아닌 것처럼 느껴진다. 하지만 당시에 불합격, 세 글자는 얼마나 쓰렸을까.

    내게 '퇴사'하면 떠오르는 이미지는 영화 〈겨울 왕국〉의 엘사가 궁 밖을 뛰어나와 망토를 벗어던지는 장면이다. 상상만 해도 힘이 불끈 나는 희대의 명장면. 엘사가 궁궐을 뛰쳐나오며 〈렛 잇 고(Let it go)〉를 부르는 부분은 고등학생 때부터 주기적으로 수혈하듯 찾아본다. 그 노래의 2절 첫 가사를 직역하자면 이렇다. "거리감이 모든 것을 작아 보이게 만드는 게 재밌어." 엘사를 평생 주눅 들게 했던 커다란 궁궐이 멀리서 보니 작아 보였던 모양이다.

그림 그릴 때 가장 먼저 배우는 건 원근법이다. 종이라는 평면에 삼차원의 공간을 표현하기 위해서 투시도법이랄지, 공기원근법이랄지 하는 것들을 배우는데 그중 화면 속에 거리감을 내기 위해 멀리 있는 것은 앞에 있는 것보다 덜 선명하게 그리는 게 바로 공기원근법이다.

뒤에 있는 것은 앞에 있는 것보다 작고 흐리다. 꼭 희미해지는 기억처럼 '거리'는 멀리 있는 사물을 흐릿하게 만든다. 사건도 그렇다. 지나고 보면 커다란 일도 결국 먼지처럼 작게 느껴진다. 과거가 되어버린 '이미 지나 버린 일'은 지난 일 그 이상도 그 이하도 아니니까. 좋았던 기억은 추억이 되고 힘들었던 기억은 과거가 될 뿐이다. 당장 눈앞에 커다란 문제도 언젠가 과거가 될 거라는 걸 자꾸 상기시켜주어야 한다. 그래야 쫄지 않을 수 있다.

지나고 보면 다 별 일 아니야, 같은 식상한 말을 하고 싶진 않은데 어쩔 수 없다. 그것이 진리다. 모든 것은 반드시 지나간다. 그것이 망각이든 치유든, 시간은 무언가를 분명히 흐리게 하는 힘이 있는데 다만 그 속도가 내일이 오는 시간보다 느려 괴로울 뿐이다. 시간이 해결해주는 시간을 기다리기 힘들 때면 궁을 박차고 나간 엘사를 떠올리곤 한다.

실패를 과거로 만드는 방법은 나아가는 것이라 생각한다. 조급함이라곤 조금도 없는 실패를 통과하는 시간. 그 지지부진한 시간을 지치지 않고 지나기 위해서는 매일 새로운 해를 띄우는 지구만큼이나 부지런해져야 한다. 늘상 '시간이 없다'는 바쁘다 바빠 현대사회에 몸을 내던지며 게으름 피우지 말라는 것이 아니라 인생에게 한 대 맞았다고 멍하니 누워있지 말고 양쪽 볼따구를 툭툭 치며 빨리 정신 차려 보자는 것이다.

홀쩍 바다를 보러 떠나든, 오래된 아르바이트를 그만두든, 배우고 싶었던 것을 새로 배워보거나 오랫동

안 보고 싶어만 했던 사람을 만나보자고. 벗어나고 싶은 과거로부터 적극적으로 도망쳐보자고. 지나온 실패와는 무관한 듯 태연하게 주어진 오늘을 다시 원하는 모양새로 살아내다 보면 얼마 지나지 않아서 그 일은 과거가 되어 있을 것이다. 그리고 과거가 된 실패를 목도하면 우리도 엘사처럼 한마디 하게 되지 않을까?

멀리서 보니 다 작아 보이는 게 웃기네.

CHAPTER 2

원하는 삶의
궤도

자격은 만드는 것

20대 초반, 수많은 밤을 내게 자격이 있는지 물으며 지나온 것 같다. 내가 아나운서가 될 수 있을까, 학교를 졸업할 수 있을까, 내가 감히 무언가를 하거나 가져도 될까 하는 질문. '자격' 요건을 갖추려고 아등바등 했던 순간들도 있고, 그 자격이라는 게 뭔지 모르겠어서 막막함에 눈물이 났던 날도 있었다. 일을 그만두고 나서야 내게 아나운서 일을 할 자격이 있었는지 되물어봤다. 요즘 유행하는 말 중 "너 뭐 돼?"를 스스로에게 외쳐본 것이다.

아나운서를 꿈꾸던 나는 특별할 것 없는 준비생

이었다. 물론 열성적이긴 했다. 학원에 가서 나의 발음과 발성을 점검받고, 혼자 녹음한 내 목소리를 반복해서 들어보며 사는, 온 관심사가 가장 잘 어울리는 옷과 헤어, 메이크업을 찾는 일에 쏠려 있는, 자기 전 머리맡에는 아나운서 아카데미에서 홍보용으로 올려둔 여러 아나운서 합격자 간담회 영상을 틀어 놓고 자는 열심이고 평범한 준비생.

특히나 매일 자기 전 합격자들의 후기 영상을 봤던 그 시간들은 유독 또렷하다. 매일 밤 내가 시험장, 면접장에 가면 어떤 기분이 들지 상상했다. 매일 같은 상상을 해도 지겹지가 않았다. 상상하면 할수록 더 구체적으로 상상해보고 싶어서 아나운서 시험 후기가 담긴 영상을 보고 또 봤다. 합격자들은 어떤 태도로 면접을 보았고 어떤 마음으로 합숙에 임했는지 들어보고, 나였다면 어떻게 했을까 여러 번 수도 없이 상상했다. 상상이 최면이 된 걸까? 무한히 반복했던 상상은 실제가 됐다.

실제 면접 중 '김수민 씨는 방송을 해본 적이 없는데 이 일이 좋은지 어떻게 아느냐'는 질문을 받은 적이 있다. 당시 마음에서 우러나왔던 대답은 하나였다. 카메라 앞에 선 내 모습을 그동안 정말 많이 상상해봤는데 오늘 시험 보러 와서 조명 받은 내 얼굴을 화면으로 보니 내 상상 이상으로 행복하다는 말이었다. 카메라 테스트도 이렇게 좋으니 난 방송도 참 좋아할 것 같다고. 당시 나로서 할 수 있는 가장 솔직한 대답이었다. 정말 100번도 넘게 그 순간을 상상했는데 상상보다 좋았으니까.

만약 내게 아나운서가 될 자격 같은 게 있었다면, 그건 아나운서가 된 내 모습을 수없이 상상하고 반복해서 연습하던 날들이 만들어준 것이라고 믿는다. '자격'이라는 게 어떤 위치와도 비슷하다면 어떤 자격, 위치는 누가 주는 것이 아니라 오롯이 내가 만드는 것 아닐까?

넷플릭스 다큐멘터리 〈나의 문어 선생님〉에는 문어를 만나고자 매일 바다로 뛰어드는 영화감독이 나온다. 그는 우연히 만난 문어에게 이끌려서 매일, 무모할 정도로 성실하게 문어를 보러 바다로 들어갔다. 대개 1년 정도라는 문어의 생애를 관찰하기 위해 수중에서 한참의 시간을 보냈고 결국 문어는 매일 같이 찾아오는 그에게 마음을 열어줬다. 문어의 삶 속 위기와 즐거움까지 감독은 문어와 함께했다. 문어와 감독의 정서적 교감이 화면 너머로 느껴지자 반복된 매일이 선사하는 가치와 매일이 만들어준 자격, 기적 같은 교감이 보이기 시작했다. 어쩌면 이 다큐멘터리를 만든 감독에게 문어와 교감할 자격이 생겼던 것은 그에게 매일 같이 문어를 찾아가는 성실함이 있었기 때문일 것이다.

　　가만 보면 원하는 것을 위해 묵묵히 나아가는 것은 결국 스스로 '자격'을 갖추기 위해 노력하는 일 같다. 그리고 그 자격을 향한 노력은 단순히 '합격'이나 '성공' 두 글자를 향하는 일이라기보다 글자 뒤에 숨은 가치를 좇는 일이 아닐까. 의도하건 의도하지 않았건 우리가 반복하는 매일은 분명 어떤 가치를 만들어 내고 있다. 결국 우리가 원하는 삶의 모습, 우리가 좇는 가치라는 건 우리가 살아내는, 일관된 매일을 쌓아 만드는 것이다. 마치 일정한 궤도를 그리며 도는 행성처럼. 삶은 때로 일직선처럼 앞으로만 뻗어 있는 레이스 트랙 같지만 가만 보면 앞뒤 좌우 할 것 없이 광활한 우주 같은 면이 있다. 인간관계나 환경이 우리를 붙잡는 중력처럼 느껴지고 모두가 성장이라는 한 방향으로만 나아가는 것 같아 보여도 우리 삶은 결국 언제 튕겨나갈지 모르는, 어떤 일이 일어나도 이상할 것이 없는, 정답 없는 우주 같다. 따지고 보면 중력도 없고 정해진 방향도 없는 곳. 그래서 남들이랑 비슷하게 똑바로 걷고 있는 것 같은데도 지나고 보면 나만 조금 탈선해 있기도 하고, 남들만큼만 살아보려 하는데도 우주에 붕 떠 있는 듯 부적응한 기분도 든다. 삶이 이처럼 우주라면 우리가 자격을 얻기 위해 매일 반복하는 걸음은 궤도를 만드는 일이라고 할 수도 있겠다. 우주에서 길 잃지 않기 위해 고군분투하는, 행성이라는 자격을 쫓아 궤도를 맴도는 우주먼지…. 새로운 질문이 떠올랐다. '나는 어떤 궤도를 그리고 싶었나?'

사실 본격적으로 일을 시작하기 전의 내게 '직업'이란, 삶을 설명하기에 충분한, 때론 삶의 절대적인 정의가 되기도 하는 것이었다. 하지만 일을 시작하고 보니 삶에는 단순히 직업으로 설명되지 않는 부분이 더 많았다. 삶에 있어 직업보다 중요한 것은 방향성이었다. 어떤 것을 지향하며 사느냐에 따라 삶이 달라진다는 걸 각기 다른 생애주기 속 다양한 타자들을 숱하게 보고 난 뒤 알았다. 같은 일을 해도 모두 다르게 살았다. 같은 직업을 가졌어도 각자 좇는 바는 달랐달까. 어떤 가치를 좇아 살아야할까 뒤늦게 고민을 시작했다. 아나운서가 되고 보니 돈이나 유명세도 매력적이고 안정감이나 자아도취도 좋음 직했다. 하지만 3년을 고민해도 내가 정말 좇고 싶은 가치는 쉽게 떠오르지 않았다. 아나운서로 살며 그릴 수 있는 이런저런 삶의 주기를 아무리 고민해봐도 '이거다!' 싶은 모양새는 잘 떠오르지 않았다. 내게 아나운서가 될 자격은 있었는지 몰라도 그 일로 좇을 가치는 찾지 못한 상태였다. 나는 궤도를 잃고 직진하기만 하는, 유성이었다.

아나운서 일을 그만둔 지금도 여전히 나는 내가 살아내고자 하는 궤도를 정확히 모른다. 하지만 적어도 매일 내가 원하는 방향으로 걷다보면 어딘가에는 도착해 있을 거라는 건 안다. 내가 할 수 있는 것은 그저 마음이 바라고 원하는 것을 향해 무게중심을 잡고 방향감각을 가다듬으며 반복해 나아가는 것이다. 그러다 보면 내 길이 내가 원하는 바를 설명해주리라 믿으면서. 그리고 그 경로를 지키는 동안 나도 모르는 새 원하는 모습이 될 자격이 생기리라 믿으면서. 그러니 우리 앞의 매일은 참 소중하다. 이 하루들이 우리의 마지막쯤 되는 하루에는 분명히 우리가 어떤 가치를 좇아 살아왔는지 보여줄 테니까. 그러니 어쩌면 좋은 직업을 결정하는 것도 그 이름이나 연봉이 아니라 정녕 내게 내가 바라는 하루를 선사할 수 있는 것인지 여부일지 모르겠다. 하루하루 내가 원하는 모양새로 살아낼 수 있다면 잘 사는 것이다. 우리의 하루하루는 곧 '궤도'가 될 테니까.

쌩쇼

이건 내가 '열성적인' 준비생이었던 시절의 이야기다. 그때의 나를 돌아보면 미소가 번지는, 풋풋한 기억. 내가 했던 아나운서 준비는 노련했다고 하기엔 어딘가 치밀하지 못하고, 전략적이었다고 말하기엔 돈키호테처럼 무작정 달려든 면이 없지 않다. 그래서 돌이켜 볼 때마다 즐겁고 귀엽고 애틋하다. 간절함과 투박함, 순수함이 가득했던 그날의 노력들을 나는 '쌩쇼'라고 불러주고 싶다.

쌩쇼① 6주 만에 7킬로그램을 감량하다!

어느 날의 김수민은 대뜸 엄마에게 "나 이제 아나운서 준비 할 거니까 살을 빼야겠다" 선언하면서 엄마가 아는 다이어트 업체에 나를 좀 데려가라고 했다. 그때까지만 해도 스물하나였으니까 무조건적으로 엄마의 식견이 나보다 나으리라 믿었다. 아무 의심 없이 엄마를 따라 나섰는데 글쎄, 엄마가 날 데려간 곳은 평균 나이 50대인 여성분들이 옹기종기 앉아 손바닥에 침을 맞는 곳이었다. 손에 침을 맞으면 식욕이 확 줄어든다고 했다. 그리고 손바닥 침과 함께 오이, 감자 등의 정해진 식단을 먹으면 살이 빠지는 원리였다.

하지만 문제는 손바닥에 잠깐 침을 맞는다고 끝나는 것이 아니라 손바닥에 침을 꽂은 채로 한참 그곳에 앉아 어머님들하고 말을 섞어야 한다는 것이었다. 엄마에겐 살도 빼고 동네 소식도 얻는 아주 유익하고 즐거운 곳이었겠지만 나는 부끄러워 앉아 있을 수가 없었다. 모두 지나가며 한마디씩 '애기가 살을 왜 빼냐'고 물으셨기 때문이다. 특별할 것 없는 내가 아나운서 준비한다고 말하기도 부끄러워서 식은땀만 흘리다가 돌아왔다. 그리고 부끄러움을 무릅쓰고 다시 그곳에 가느니 수지침 식단만해서 살을 빼겠노라 선언했다. 그렇게 나는 6주 동안 식욕 감퇴 침 없이 위액이 내 위장을 활개 치는 것을 생생히 느끼며 오이, 감자, 양배추만 먹었다. 내 인생에 다시는 있을 수 없는 독하디 독한 쌩쇼였다.

쌩쇼② 1년만 준비하면 아나운서 될 수 있는 거잖아요?

대학교 2학년 여름방학. 혼자 밤새 휴대폰으로 '아나운서 되는 법'을 검색했다. 인터넷상에 있는 관련된 모든 글들을 찾아 읽기 시작했다. 그리고 가장 커 보이는 학원을 골라 다음 날 곧장 전화를 걸어 상담을 예약했다. 혼자 지하철을 타고 쭈뼛쭈뼛 학원에 도착해서 냅다 상담을 했다. 스물하나. 흔한 교내 방송국 경험도 없던 내게, 학원에서는 1년 정도 준비하면 내년 여름에 있을 SBS 공채에 지원해서 장예원 아나운서처럼 입사할 수 있다고 했다. 지금 생각해보면 조금 터무니없는 긍정 회로 풀가동 상담이었는데 그때 당시 어린 나에게는 그 상담 내용이 이상할 것 없어 보였다(조금이라도 아나운서 준비를 해본 사람은 알 것이다. 준비생 시작 1년 안에 방송을 시작할 확률이 얼마나 적은지를). 하룻강아지가 범 무서운 줄 모른다고, 상술인가 하는 조금의 의심도 없이 '그렇지. 그런 최선의 시나리오를 기대해야 빨리 시작하는 의미가 있는 거지' 하며 바로 학기 중 토요일마다 가는 수업을 등록했다. 뭣도 모르고, 정말 아무것도 모르고 뛰어든 셈이다. 상담이 끝나고는 느닷없이 집에 전화해서 아나운서 학원을 다니려고 하니 학원비 좀 달라고 했다. 다행히 부모님은 별말 없이 학원비를 내주셨다. 물론 엄마 말로는 아빠가 나 몰래 우리 딸이 헛바람이 들었다며 혀를 끌끌 차고 걱정했다는 후문이다.

여기서 신기한 것은 그 상담은 상술 아닌 예언이 되었다는 점이다. 그날의 나를 보면서 사람을 함부로 재단하지 않는 것이 얼마나 중요한지 느낀다. 뭐가 돼도 이상하지 않을 나이였다. 달콤한 말들이 상술이었을지 모르나 그처럼 나 자신에게 이득이 되는 최면도 없었다. 그때의 내가 그 말을 덥석 믿어서 현실이 됐다고 생각한다. 믿음의 힘은 크다.

쌩쇼③ 혼자 죽으라는 법은 없구나… 귀인을 만나다!

세상에 나갈 준비를 하는 취준의 시간은 이 세상
에는 쉽사리 나를 도와주는 사람이 없다는 것을 확인하
는 시간이기도 하다. 아나운서 준비를 시작하고 뼈저리
게 느낀 것은 아무도 나를 도와주지 않는다는 것이었다.
학원 수강 기간이 끝나니 학원은 나의 취준 기간을 책임
지지 않았다. 학원은 수강료에 응당한 수업을 제공해주
는 곳이지 인생을 책임져주는 곳이 아니니까. 하지만 학
원 외에 아나운서는 어떻게 준비해야 하는지 물어볼 곳
이 딱히 있는 것도 아니었다. 하나부터 열까지 멀게만
느껴지는 아나운서 준비. 내가 제대로 하고 있는 게 맞
는지, 이렇게 하면 될 수 있는 것인지조차 알 수 없었지
만 그 또한 아무도 알려주지 않았다.

답답한 마음에 집단지성을 빌리고자 하는 마음
으로, 타인의 카메라 테스트 후기 같은 것 한 줄이라도
읽어보고 싶어서 매일 인터넷에 아나운서 준비를 검색
하며 온갖 포털을 샅샅이 뒤졌다. 마침 그 시기에 지상
파 공채 시험이 열렸고 나는 마음이 더 급해졌다. 아직
준비된 게 없는데, 주변에 물어볼 사람도 없는데 이 기

회를 어떻게 살릴지 걱정이 돼 잠이 오질 않았다. 그러다 우연히 블로그를 하나 발견했다. 아나운서 생활과 기자 생활을 그만두고 아나운서 교육을 하고 있다는 분의 블로그였다. 자신이 아나운서 준비하던 이야기, 아나운서로 일하던 이야기, 기자가 된 일, 카메라 테스트를 통과해본 경험, 나만의 갑옷(잘 어울리는 면접 옷)을 찾은 이야기, 한국어 능력시험을 공부한 방법까지 당시 내겐 그 어디서도 쉽게 들을 수 없었던 귀한 경험들이 가득했다. '이 귀한 경험과 조언을 이렇게 무료로 읽어도 되나?' 싶었다. 내겐 그 정도로 특별해 보이는 블로그였다.

　　블로그의 모든 게시물을 읽고 난 뒤 용기 내 연락을 했다. 다음 달에 꼭 수업을 수강할 테니, 그 전에 지금 쓴 공채 시험 자기소개서 한번만 봐주실 수 있느냐고. 얼굴도 본 적 없는, 수강생이 될지 아닐지 알 수 없는 학생의 연락에 그 분은 선뜻 답변을 해주었다. 그리고 그때 내 자소서를 읽어봐 준 사람은 블로그 속 얼굴 모를 그 분이 유일했다. 나의 첫 공채시험의 자기소개서는 그렇게 겨우, 온 인터넷을 뒤져서야 한 번 첨삭을 받아볼 수 있었다. 어찌나 홀로 고군분투했던지. 시험장에 뭘 입고 어떻게 화장을 하고 갈지 물을 사람은 더더욱 없었다. 나 같은 허수가 면접 의상을 빌리러 정장 대여 숍에 갔을 땐 이미 인기 있는 옷은 죄다 대여가 완료된 상태라 남은 옷들 중에 빌릴 옷을 골라야 했다. 그렇게 첫 카메라 테스트에서 나는 그 누구의 기억에도 남지 않을 만한 무색무취의 희멀건 연분홍색 자켓을 하나 빌려 입고 시험을 봤다. 결과는? 당연히 떨어졌다. 그리고 나의 자소서를 읽어줬던 블로그 속 은인에게 찾아갔다. 1차 카메라 테스트 한 번만 붙어보고 싶다고 했다. 그게 나의 선생님을 만난 계기였다.

그리고 정확히 4개월 뒤 SBS 공채가 열렸다. 다시 한 번 선생님에게 새로운 자기소개서를 보여드리고 뭘 입고 시험을 볼지 어느 미용실에 갈지 상의 했다. 매일 내가 연습한 걸 녹음해 보내보고 들어보고 선생님이 주는 연습 원고를 하나하나 모아갔다. 그렇게 1차, 2차, 3차까지 "선생님, 저 아직 안 떨어졌어요!!"로 이어지던 감격과 환희의 대화는 마지막 합숙 면접 앞에서 그 절정을 꽃피웠다. "합숙 때 가져갈 캐리어 한번 가져와봐!" 그 여름날에 선생님과 나, 우리는 합숙 캐리어도 함께

쌌다.

아무리 잘나도 홀로, 몽땅, 처음부터 잘하는 사람은 없다. 그래서 우리는 관계를 맺고 도움을 주고받고 서로를 격려하고 응원한다. 외로운 취준의 시간은 홀로 해내는 과정이자 혼자서는 할 수 없는 과정이기도 하다. 세상에 덩그러니 혼자 같아 보여도 최선을 다해 열과 성을 다하면 진심으로 함께 도와주는 귀인도 만나게 되더이다. 야밤에 미리 싸둔 캐리어를 끙끙 끌고 선생님을 찾아갔던 그 열정의 쌩쇼. 그 기억이 참 좋다.

사유의 정원

예원학교 2학년 때, 그러니까 중학교 2학년 때 나는 나의
은사님을 만났다. 나의 국어 선생님. 중학교 2학년 첫 국
어시간에 선생님을 처음 뵀다. 작고 왜소한 몸과 온화한
미소, 수녀님처럼 맑은 피부. 마이크 없이도 학생들이 귀
를 기울이게 하는 분이었다. 선생님께서는 첫 수업을 마
무리하며 동아리원을 모집하고 있다는 작은 공지를 하나
하셨고 첫눈에 반한 사람처럼 나는 그날 단박에 선생님
이 지도하시는 독서 동아리 '책 읽는 소리'에 가입했다.
열다섯의 나는 꽤 망아지 같은 사춘기 소녀였는데 당시

나와는 정반대 같은 선생님의 깊고 고요한 마음에 완전히 매료되었더랬다.

선생님께서는 수업시간에도 교과서 그 이상의 문학작품들을 많이 소개해주셨다. 수업시간마다 나눠주시던 유인물에는 여러 문학작품이 빼곡했는데 진도가 너무 빨리 나간다거나 양이 너무 많다거나 불평하는 학생은 한 명도 없었다. 분명히 선생님께서 나눠주시는 것은 공부할 것들이 아니라 우리들 인생에서 처음으로 소개받는 예술작품들이었으니까. 그 당시에 만난 작가들의 작품만 제대로 읽어도 평생을 풍요롭게 채울 만큼 다양한 작품들을 만났다. 글이 사람의 영혼을 깨운다는 걸 그때 배웠다. 예술학교여서 더 그랬을지도 모르지만 모두가 촉촉하고 예민한 감수성을 틔우는 10대에 선생님으로부터 문학을 배울 수 있다는 건 커다란 행운이었다. 질풍노도의 시기, 다들 가슴 안에 폭풍처럼 몰아치는 감정의 변화를 뭐라고 표현할지 몰라 답답해할 시기에 문학은 그 모든 갈증과 감정의 폭발을 스펀지처럼 흡수해 중화시켜주었다.

선생님과 함께하는 동아리에서는 수업시간보다

더 많이, 다양한 글을 읽었다. 선생님께서는 시, 고전, 수필 상관없이 매달 정해진 주제에 맞춰 매주 읽어야 할 책과 생각해볼 질문들을 만들어 나눠주셨다. 주로 고전이었다. 헤세를 읽는 달에는 《수레바퀴 아래서》부터 《데미안》《크눌프》《지와 사랑》을 연달아 읽고, 외로움이라는 주제를 이야기하는 달에는 김승옥의 《서울 1964년 겨울》부터 베케트의 《고도를 기다리며》까지 골고루 읽었다. 동아리장을 할 정도로 꽤 열성적이었던 나는 (거의) 한 주도 빠짐없이 매주 책을 읽고 독후감을 썼다. 당시 내가 가장 좋아했던 시인은 파블로 네루다와 기형도였고 가장 좋아하는 소설은 헤르만 헤세의 《지와 사랑》이었다. 국내에 번역된 네루다의 시집은 전부 사서 읽고 필사하기도 했다. 문학작품을 읽고, 독후감을 써보고, 좋아하는 구절을 필사하고, 책에 대해 이야기하는 시간은 내 마음속 곳간을 가득 채워줬다.

"선생님, 자유로워진다는 건 뭘까요?"

"저는 분명 나르치스보다는 골드문트 같은 성격의 사람인 것 같아요."

어떤 말을 해도 선생님께서는 우리의 감상을 귀

기울여 들어주시고 격려해주셨다. 새로 태어나는 것처럼 행복한 시간이었다. 책을 읽다 감정이 북받치거나 고민이 생길 땐 선생님께 손 편지를 쓰기도 했는데 그럴 땐 선생님도 우리에게 정성스레 손 편지로 답신을 써주시곤 하셨다. 선생님과 책을 통해 나는 성숙하고 충만해졌다.

여담이지만 언젠가 사춘기 시기는 편도체(감정, 특별히 공포와 공격성을 처리하는 핵심 뇌구조)가 폭발적으로 발달하는 시기라고 들었다. 그땐 전두엽보다 편도체가 활성화되는데 또 마침 동물 중에 편도체가 가장 발달한 것이 파충류라고. 이러한 일시적 파충류 시기 가장 중요한 것은 수준 높은 책과 영화, 공연 등을 보는 것이라 생각한다. 작은 사람인 아기가 큰 사람인 어른이 되는 과정이기 때문에, 특히나 10대는 '기준'을 만드는 시기라고 믿기 때문이다. 사람이 할 수 있는 사유와 말 중에 가장 정돈된 고전을 읽는 것은 중요하다. 말랑한 편도체로 작품 속 주인공이 표현하는 외로움과 죽음과 환희와 방황을 쫘악 빨아들이면서 '인간'을 배우고 주인공의 여러 선택을 보면서 자신의 '기준'도 세워볼 수 있으니까. 파충류식 반발심에 '엄마, 아빠처럼은 살지 말아야지' 하는 것 말고 '크눌프처럼 살다 죽는 건 어떤 기분일까' 생각해보는 것이 분명 사유의 깊이와 삶의 차원을 더 높여 줄 것이다. 오은영 박사님도 아닌 마당에 주제넘긴 하지만 살면서 한 번은, 특히 파충류 시기에 수준이 높은 작품을 조우해야 한다고 생각한다. 편도체가 발달을 멈추기 전에.

방학 때는 선생님과 동아리 친구들과 함께 김유정 생가와 최명희 생가로 1박 2일 기차 여행을 가기도 했다. 어엿한 성인이 된 동아리 선배들도 함께 와서 선생님과 가족처럼 옹기종기 모여 밤새 이야기를 나눴다. 선생님께서 필독서로 추천해주셨던 책 제목처럼, '내 영혼이 따듯했던 날들'이었다. 그렇게 선생님은 내 인생에 책만큼이나 가깝고 중요한 분이 되셨고 우리는 고등학교에 진학해서도 독서 모임을 계속했다. 이렇게 내 10대는 독서 동아리에서의 시간으로 가득했다.

회사 생활이 나 자신을 견딜 수 없을 만큼 초라하게 만든다고 느낄 때쯤 오랜만에 다시 선생님을 만났다. 같이 공연을 보러 가자는 연락에 단박에 홍대로 달려갔다. 선생님과 공연을 보고 선생님 댁에서 저녁을 먹으며 한참을 이야기했다.

"선생님, 선생님하고 책 읽고 이야기하던 때가 좋았어요. 그때 저는 충만했는데 지금은 가진 게 아무것도 없는 기분이 들어요."

선생님께서는 다시 책을 읽으라고 하셨다. 회사 다니면서 몇 번 시도는 했었지만 줄줄이 실패했었다. 읽다 만 책만 해도 10권은 될 것이다. 게다가 어딘가 책을 깊이 읽을 여력도 없어서 얇고 트렌디한, 보여지기 좋은 책만 사서 읽던 나였다. 퇴직하신 선생님께서는 예원 졸업생들과 함께 책 읽는 모임을 계속하고 계셨다. 이미 졸업생들과 10년째 모임을 하고 계시던 선생님께서는 나 같이 찾아오는 제자들이 많아서 새롭게 20대 모임도 만들까 고민 중이라고 하셨다. 나의 10대를 가득 채웠던 독서 모임. 그 모임을 다시 떠올리는 것만으로도 가슴이 설렜다. '책 읽는 소리' 성인 버전이라니 그게 가능할까? 모임은 한 달에 한 번, 선생님이 골라주시는 책을 읽고 모여 감상을 정리해보는 방식이었다.

"저 할래요. 매달 선생님 댁으로 가면 되죠?"

그렇게 첫 책《장자》로 모임을 시작한 지 벌써 1년 7개월이 다 되어간다. 선생님과 다시 시작한 독서 모임. 선생님의 필명 성유원을 따서, 우리 모임 이름은 '사유의 정원'이다. 사유의 정원을 거닐면, 어느 새 다시 내 영혼이 따뜻해질 수 있을 것 같다. 선생님과 함께라면 매주 책 읽고 글 쓰던 소녀처럼 다시 충만해질 수 있지 않을까.

쓸모없음을 견디는 일

라식을 했다. 나는 좌우 짝눈이 심한 편이다. 왼편은 난시, 오른편은 근시라 좌우에 다른 눈 수술을 했다. 양쪽 눈을 수술하는 수술대도 달라서 오른쪽 각막부터 레이저로 도려낸 후 오른쪽 눈을 부여잡고 반대편 다른 수술대로 걸어가 누워야 했다. 여간 불편한 게 아니었다. 눈뿐만이 아니다. 나는 발 크기도 좌우가 달라서 (오른쪽 발이 반 치수 더 커서 오른발에 맞춰 사면 왼쪽 신발이-특히 구두-벗겨진다.) 구두를 살 때면 돈을 더 주고 다른 크기 신발 두 개를 한 쌍으로 사곤 한다. 한 몸에 눈도 발도 두 개가 한

쌍으로 있건만 내 건 죄다 짝짝이다. 세상은 좌우가 대칭인 사람들을 기준으로 물건을 만들고 설계하다보니 이런 점이 내겐 작은 '불편함'이 된다. 그리고 이러한 '보통과 다른 불편함'을 우리는 '장애'라고 부르는 듯하다.

　학창시절 모네가 말년에 눈이 잘 보이지 않는 상태로 그렸던 수련 연작들을 참 좋아했다. 잘 보이지 않아서 아름다운 색감들로 추상화 된 대상. 잘 보이지 않는 불편함, 장애가 '새로운 눈'이 되어 새로운 세상을 보여주는 것. 보이는 대로 그려도 남들과 다른 눈을 가져 다른 것을 그릴 수 있다는 것. 참 경이롭지 않은가. 불편함을 감수하며 남들과 다른 나를 지켜내는 것이 예술가의 삶이 아닐까 생각했다. 그래서 그림을 그리는 나는 절대 각막에 손을 대지 않겠다고 어린 마음에 다짐했더랬다.

　하지만 내가 더 이상 그림을 그리는 사람이 아니라 방송국에서 일하는 사람이 되었을 때, 더 이상 불편함을 고집할 근거가 없었다. 말 그대로 내 불편함을 내가 사수하는 것이 '고집'이 되었다. 매일 아침 일찍 일어나 양쪽에 각기 다른 도수의 렌즈를 껴야 했고 그마저도 피곤함에 초점이 잘 맞지 않는 날이 다반사였다. 매일

끼는 렌즈 때문에 다래끼가 자주 났으며 무엇보다 일할 때 프롬프터(카메라 위로 입력된 대본이 보이는 장치)가 잘 보이지 않아 무척 불편했다. 생방송 전에는 혹시라도 프롬프터 속 글씨가 잘 안보이면 어쩌나 두 배 세 배 더 긴장이 됐고 실제로 글씨가 잘 보이지 않아서 버벅이는 경우도 있었다. 피곤한 날에는 눈이 더 건조하고 아파서 렌즈를 아예 낄 수 없었다. 그럴 땐 대본을 통째로 외워버리거나 카메라 감독님에게 (글씨가 보일 수 있게) 더 가까이 와 달라고 부탁을 드리기도 했다. 오늘은 눈 컨디션이 어떠려나, 프롬프터가 잘 보일까 마음 졸였고 하루하루 무사히 사고 없이 일을 겨우 마친 것에 안도했다. 그러니까, 눈은 내게 큰 복병이었다.

긴장감이 지칠 무렵 나는 과감하게 수술을 결심했다. 불편함을 감수하며 사는 것은 일의 효용을 그르치는 일이었기에. 3년을 그렇게 불편한 눈으로 일하고 수술한 지 넉 달 만에 나는 일을 그만두기로 결심했다. 이상한 일이다. 분명 일을 위해 수술을 한 게 맞는데. 쓸모 있는 눈은 갖게 됐을지언정 일터에서 나의 쓸모가 나에게 더 이상 큰 의미가 없어졌기 때문일지도 모른다. 그 무렵 읽었던 《장자》(오강남 편역, 현암사, 1999)의 일부다.

위태롭다. 위태롭다. / 땅에 금을 긋고 / 그 안에서 종종걸음. / 가시나무여. 가시나무여. / 내 가는 길 막지마라. 내 발길 구불구불 / 내 발을 해치마라. / 산 나무는 스스로를 자르고 등불은 스스로를 태운다. / 계수나무를 먹을 수 있어 잘리고. / 옻나무는 쓸모 있어 베인다 / 사람들 모두 '쓸모 있음의 쓸모'는 알고 있어도 '쓸모없음의 쓸모(無用之用)'는 모르고 있구나.

-〈미친 사람 접여의 노래〉 중에서(《장자》, 218쪽)

접여가 공자 앞에서 불렀다는 노래다. 사람들이 땅에 금을 긋고 종종거리며 사는 것이 오늘날과 다르지 않다. 쓸모 있는 나무들은 쓸모로 베이니 베이지 않는 나무들은 쓸모없어 보인다. 하지만 큰 거목이 될 수 있는 것은 베이지 않은 나무뿐이었다. 큰 나무의 쓸모는 아궁이 속 뗄감의 유용성과 다른 차원의 것이다. 일하면서 나는 얼마나 '쓸모'에 집착했는지 모른다. 나의 눈부터 표정과 일상, 모든 것이 과연 쓸모 있는지 물었다. 나는 이 일에 적합한 떨감인지 수도 없이 물었다. 그렇지 않은 것 같은 날은 크게 실망하고 쓸모 있다고 느껴지면 날아갈 듯 기뻤던 시간들을 반복하며 나는 내가 어떤 나무인지 잊어가고 있었다.

　장자는 내게 쓸모 있는 사람이 되라고 하지 않았다. 세상의 자질구레한 유용성에 목매지 말라며 내게 맞는 시기를 기다리라고 했다. 유용성에 맞춰 사는 것은 내게 불편함을 견딜 여유를 허락하지 않는다. '쓸모없음의 쓸모'를 알기 위해서는 불편함을 견뎌야 한다. 그것을 견디는 것이 다른 차원으로 가는 일 아닐까.

　쓸모없음을 견딘다는 것은 무엇일까. 장자가 제시하는 것은 대상과 합일의 경지에 이르러 자유로워지는 것이다. 마음을 굶기는 '심재'를 통해서 내 안에 '내'가 개입하는 것을 막고 고요한 물 위로 자신을 들여다보라고 한다. 마음을 고요한 물과 같은 상태로 만들기 위해서는 감정으로 사사로운 잔물결을 만들지 않아야 하는데, 장자는 이를 위해 자신의 숙명을 받아들이는 태도가 필요하다고 말한다. 운명을 받아들이는 것이 '매임에서 풀리는 것', 즉 삶의 굴레에서 벗어나는 유일한 방법이라는 것이다. 자신의 운명을 사랑하고 평온함에 이르러 자유로워져야 마침내 자신의 쓸모없음을 견딜 수 있다. 다시 말해, 쓸모에 집착하지 않을 수 있다.

과연 나는 내 인생을 있는 그대로 받아들이고 사랑할 수 있을까? '장애'로 비춰지는 것들을 교정하지 않고 남과 다른 불편함을 견디며 나를 지킬 수 있을까? 쓸모에 집착하지 않고 자유로워질 수 있을까?

하루아침에 될 리 없는 어려운 미션이다. 죽는 순간까지 알 수 없는 것이 나의 운명일텐데 삶에 알 수 없는 것이 닥치는 족족 수긍하고 때론 못나 보이는 모습까지도 있는 그대로 사랑하기가 가능하기나 할까. 하지만 장자를 더 읽고서는 적어도 세상이 정한 쓸모에 맞춰 사람을 평가하는 계산적인 의식을 버리면 더 '신'나게 살 수 있지 않을까 하는 생각이 들었다. 여기서 '신'나게 산다는 것은 살아 있음을 느끼며 산다는 것이다.

못가의 꿩 한 마리,

열 걸음에 한 입 쪼고,

백 걸음에 물 한 모금.

갇혀서 얻어먹기 그토록 싫어함은,

왕 같은 대접에도 신이 나지 않기 때문

－〈못가의 꿩〉 중에서(《장자》, 158쪽)

우리가 사는 모습과 비슷하지 않나 싶다. 왕 같은
대접에도 신이 나지 않는 순간들이 있다. 나에겐 회사 생
활이 그랬다. 신이 난다는 건, 내 안의 무한한 가능성과
잠재력이 꿈틀대는 걸 느끼는 일인데 퇴사를 고민할 무렵
내 모습은 산송장 같았으니까. 효용과 쓸모에 매이고 갇
혀있기보다 그로부터 자유로워져 더 넓은 시각으로 삶을
바라볼 수 있다면 조금은 더 신나게 살 수 있지 않을까?
쓸모로 잘려진 나무토막이 아닌 뿌리박힌 나무로 살고 싶
다는 마음이 꿈틀댔다. 세상 속에 내가 당장은 쓸모없어
보인대도 내가 어떤 나무인지 알게 될 때까지 버텨볼 생
각이었다. 산 나무, 계수나무, 옻나무, 아름드리나무 중
내가 어떤 나무인지 아직은 알 수 없지만 적어도 나의 때
에 맞춰 쓸모로부터 자유롭게 자라는 나무가 되기를.

시간의 주인

퇴사하면 도비(해리포터에 나오는 자유를 찾은 집요정), 입사하면 노비라고들 한다. 니체도 자신의 운명을 남에게 맡기는 자는 노예와 같다고 했으니, 도비 또는 노비는 꽤나 철학적인 비유다. 일하던 나는 스물두 살 치곤 돈을 꽤 벌었다. 그런데 돈 쓸 시간이 없었다. '짬'이 차면 시간을 유연하게 쓸 여유가 생긴다고들 했는데 나는 쪼랩 아나운서여서 시간 운영에 꽤 뻣뻣했다. 당시 기준으로 벌이만 보면 (대학생 치고) 부자가 된 듯했는데 사는 모양새는 부자가 아니라 노비였다. 그때 깨달은 건 부자는 시간이 돈 만큼이나 많다는 것이었다. 한 번도 생각해 보지 못했던 부자의 조건, 그건 시간이었다. 학생 땐 가진 게 시간밖에 없어서 그 자유로운 시간이 개인의 삶의 질에 얼마나 큰 영향을 미치는지 몰랐다.

퇴사를 고민할 무렵 파이어족이라는 말이 생겼다. 경제적 자유를 만들고 일찌감치 은퇴하는 사람들. 없던 말들이 생기는 건 당연히 삶의 트렌드가 바뀌고 있다는 뜻일 것이다. 어느 샌가 시간은 돈만큼이나 절대적인 가치를 가지게 된 듯했다. 그도 그럴 것이 사람을 사람답게 하는 데 시간만큼 꼭 필요한 것도 없지 않은가. 산다는 건 너무나 피상적이니까. 무형의 삶을 음미하고 인지할 수 있게 해주는 매개체는 어쩌면 '시간' 뿐일지도 모른다. 게다가 산다는 건 무척 주관적인 행위니 본인이 어떻게 살고 있는지는 자기 자신 외에 아무도 알수 없다. 잘 가고 있는지, 어느 방향으로 가고 있는지, 모든 것이 조화롭게 흘러가고 있는지는 '본인만'이 '자신의 시간'을 써야 알 수 있는 것이다. 본인이 의지를 갖고 본인의 시간을 직접 할애하지 않으면 우리는 절대 자신이 어떻게 살아가고 있는지 알 수 없다.

가끔 내게 '미라클 모닝(본격적인 일과가 시작되기 두세 시간 전에 일어나 독서, 운동 등 자기계발을 하는 아침 생활 습관)' 같은 걸 하느냐 물어오는 경우가 있다. 당연히 그런 건 전혀 하지 못한다. 새벽 방송과 대학 생활을 병행하던 시기엔 '갓생(신을 의미하는 영단어 'god'과 '인생'을 합한 신조어로, 하루하루 계획적으로 열심히 살아내는 삶을 의미한다)' 사는 비결 같은 걸 묻는 경우도 있었는데 '그냥 일이 많아 바쁘게 사는 게 갓생인가?' 싶어 쉽게 대답하지 못했더랬다.

미라클 모닝도 못하는 처지에 이런 말하기엔 민망하지만, 요즘 유행하는 것들 중 미라클 모닝은 찬성이고 갓생은 반대한다. 갓생은 현대사회에 적합한 대단히 효율적인 인간상이 되자고 부추기는 것만 같아서 괜히 싫다. 모르긴 몰라도 신은 이렇게 절박하게 살지는 않을 것 같아서 열심히 사는 게 '갓' '캡' '짱'인지 의문이다. 갓생과 달리 미라클 모닝에 찬성하는 이유는 그것이 오롯이 자신을 위해, 자신의 의지로 시간을 쓰는 행위라고 생각하기 때문이다. 나의 경우는 틈틈이 글 쓰는 시간이 시간의 주인이 되는 순간이었다. 이 책의 시작이 되기도 한 글들, 블로그에 나만 보기로 적은 수도 없이 많은 일기들과 메모들. 나와 주변에서 일어나는 일들에 대해 글 쓰는 시간은 그 누구와도 나눠 갖지 않는 오직 나만을 위한 시간이었다. 내가 무엇을 원하는지, 무엇을 바라는지 자신을 진단하고 알아가는 시간. 그 시간의 나는 무척 자유로웠다.

자유롭다는 건 시간의 주인이 되는 일이 아닐까 싶다. 요즘 애들은 배가 불러서 직장이 주는 안정감에 만족을 못 하고 불평만 한다고들 한다. 혹자는 요즘 애들이 똑똑해서 더 이상 회사에 헌신하지 않는다고 한다. 양쪽 다 일리 있는 말 같지만 영 맞는 말도 아닌 것 같다. 내가 직장을 그만둔 이유는 나 자신이 시간의 주인이 되지 못해서였다. 내가 내 인생에 주인이 되지 못해서. 적지 않은 수의 MZ세대가 통상 3년의 근무기간을 채우지 못하고 퇴사를 선택하는 것, 3040이 파이어족을 꿈꾸는 것 모두 자유에 대한 갈망에서 시작되는 것은 아닐까.

안정적이라고 불리는 직장 대부분은 안정성과 더불어 경직성을 가지고 있다. 경직된 조직은 개인의 창의성을 발휘하기에 부적합하다. 나아가 권한도 자유롭지 않다. 멈추고 싶을 때 멈추거나 더 가고 싶을 때 더 갈 수 없다. 직장이 안정적임과 동시에 자유롭다고 여겨진다면 그건 착각일지도 모른다.

나 또한 그때그때 바뀌는 방송 스케줄에 맞춰 변화하는 내 일상이 자유로운 회사 생활의 반증이며 녹화나 생방송이 주된 업무인 이 직업이 꽤나 자유로운 일이라고 착각했던 시간이 있다. 시간이 지나서야 변화무쌍한 현장에서 필요한 것은 긴 시간 대기할 수 있는 인내심과 유통기한이 긴 긴장감이라는 걸 깨달았다. 스탠바이는 곧 '매여 있음'이고 그것은 삶의 1순위를 절대적으로 일에 양보하는 일이라는 것도. 화면에 맞춘 몸 크기와 짙은 화장, 내 말처럼 녹여보지만 평소 말하기 습관과는 괴리가 있는 대본도 분명 나를 부자연스럽게 만드는 일이었다. 미처 몰랐던 업무의 경직성에 대해 알아갈수록 자유에 대한 갈망은 커졌다. 내가 나의 착각에서 벗어나 스스로를 어떤 규칙에 가둬두고 있었는지 깨달았을 때 가장 먼저든 생각은 이건 내 인생이 아닌데, 하는 것이었다.

특정한 직업이 우리를 자유롭게 해주는 것은 아니다. 단순히 돈과 시간이 많은 파이어족이 된다고, 개인 사업을 시작한다고 시간의 주인이 되는 것은 아닐 테다. 같은 직업을 가지고도 누군가는 충분히 자유롭고 다른 누군가는 답답할 수도 있으니 '자유'는 주관적일 수밖에 없다. 그럼에도 불구하고 '자유'를 정의해보려는 시도는 시대와 나를 이해하는 데 도움이 되리라 생각한다.

일을 그만두고 스스로 자유롭다고 느꼈던 이유는 단순히 시간이 많아져서가 아니라 나의 생장점이 살아있다고 느껴서였다. 그 무엇도 내 한계를 정하지 않았고 그 누구도 나대신 나의 일에 대해 할 수 있다, 없다 논하지 않았다. '나만'이 '나의 시간'을 써서 '성장'이든 '창작'이든 이뤄낼 수 있다는 자율성이 스스로를 자유롭다 느끼게 해주었다.

자신의 의지로 타인이 대신해줄 수 없는 것을 하는 일, 자신의 삶의 주인이 되는 것, 자유. 그것이 21세기에 적합한 지속가능한 원동력이 아닐까. 언젠가 동이 날 석탄을 대신하는 태양광처럼 변화무쌍한 현대사회 속 개인의 새로운 발전 동력은 '자유'일 것이라 생각한다. 여러 현상에서 보여지듯 이미 시대가 자유를 갈망하기 시작했다. 도비와 노비 사이 아스란 줄타기를 하면서 어떻게 사는 것이 후회 없는 삶이 될지 모두가 고민 중일 것이다. 나 또한 그런 개인 중 하나다. 고민 중에 내린 소결론이 자유가 우리 삶의 개성과 창의성을 키워주고 만족도 또한 높여줄 것이라는 믿음이었고 그 믿음으로 선택하게 된 것이 퇴사였다. 일을 안 하고 살 순 없으니 어떻게 살지는 여전히 고민 중이다. 시간이라는 특권을 잔뜩 쥐고, 곰곰이, 자유롭고 신나는 인생을.

현실적인 꿈

어렸을 적 막연히 '정장 입는 여성'이 되고 싶다고 생각했다. 정장이 무슨 의미일까 싶지만 어린 내게 격식 있는 자리에 입는 정장은 특별한 옷처럼 느껴졌다. 정장을 입는 것은 사회 속에 자신의 자리나 역할이 분명히 있음을 시사하는 것 같았달까. 그러니까, 내가 꿈꿨던 30대는 자기 몫을 분명히 해내는 정장이 잘 어울리는 여성이었다. 그래서 덜컥 아나운서가 하고 싶었던 걸지도 모른다. 정장이 잘 어울리는 직업이니까.

외형 말고 본질로 들어가서 내가 내 인생을 통

해서 구현하고 싶은 것은 무엇인가 묻는다면 어려워졌다. 현실이 자꾸 내 가능성을 재단하는 것만 같아서. 모든 조건과 상황을 차치하고 스스로 원하는 것을 찾는 게 쉽지 않았다. 내가 꿈꾸는 바가 현실적으로 가능할까 묻기 시작하면 자신이 없어졌다. 단순히 아나운서를 꿈꾸고 취업을 준비할 때만 국한된 일은 아니었다. 아나운서로 일하면서도 꿈은 생겼고 꿈이라는 건 여전히 현실적으로 어렵고 불확실하게 느껴졌다. 오히려 더 어려웠다. 학생으로 꿈을 꿀 땐 보이지 않던 현실적인 변수들이 보이기 시작했기 때문이었다. 머리가 복잡했던 어느 날 퇴근 후에 아홉 살 때 신나게 봤던 영화 〈프린세스 다이어리〉를 다시 봤다. '내가 공주였다니!' 정도의 단순하고 가벼운 영화라고 생각했는데 뜻밖의 대사 한 줄이 가슴에 꽂혔다.

두려움을 느끼지 않는 게 용기가 아니야. 두려움보다 중요한 무언가에 대한 확신이 용기란다.

확신. 꿈에 확신을 심어주는 건 뭘까? 나는 왜

꿈 앞에서 확신보다 두려움을 더 많이 느꼈을까? 왜 남의 말에 쉽게 흔들렸을까? 문득 궁금해졌다. 아나운서가 되고 싶다는 꿈은 이렇게까지 어렵지 않았는데 왜 그다음, 어른이 되어 꾸는 꿈은 이토록 어렵고 두려운지 새삼 의아했다.

자유, 사랑, 평화. 이 세 명사는 내가 다니던 고등학교 교훈이었다. 볼 때마다 좋은 말은 다 갖다 놨군, 생각했더랬다. 분명 좋은 말이지만 추상적인 단어들이라 와닿진 않았는데 학교를 벗어나 사회에 나오니 그 교훈의 가치가 느껴졌다. '자유, 사랑, 평화'보다 현실이 더 추상적이었기 때문이다. 직장인이 되고 보니 삶은, 현실은, 그 어떤 형이상학적인 말보다도 더 모호하게 느껴졌다.

'현실적'이라는 것은 도대체 뭘까? 돈에 대한 것일까? 기회에 대한 것일까? 현실적이라고 불리는 많은 사례들, 제때 맞는 취업과 결혼 같은 것들을 떠올리면 현실적이라는 말은 왠지 세상이 무탈하게 굴러간다는 것을 전제하는 것 같아 비현실적으로 느껴졌다. 갑작스런 불행과 갑작스러운 행운도 '현실'인데 현실적이지 않으니까. 세상엔 현실적이라고 생각하기 어려울 만큼 비현실적인 변수가 너무도 많았다. 직장 생활 10년 하면 차장이 된다는 말 누구도 확언할 수 없고 정직원의 정년 도 그것이 30년 뒤의 일이라면 보장할 수 없어 보였다. 가령 사시를 10년 준비할 것이다 계획해도 시험이 어느 날 없어지면 그만이 아닌가. 절대 망하지 않을 것 같은 것도 망할 수 있고 보장된 성공도 보장할 수 없는 것이 현실이었다. 적확하게 말로 표현할 순 없어도 자유가 뭔 지, 사랑이 뭔지, 평화가 뭔지는 어렴풋이 알 것 같은데 도통 현실은 알 수가 없었다. 현실은 확신의 대상이 되 기에 너무나 불확실해 보였다.

　　자신의 꿈이 현실적인 꿈이 맞는지 의심하는 경 우가 많다. 누군가 현실적인 꿈을 꿔야 한다고 말한다 면 묻고 싶다. 현실적인 꿈은 100퍼센트 실현 가능한 걸 까? 현실적인 꿈은 다른 꿈들에 비해 확실할까? 우리의 꿈에 현실이 개입하기 시작하면 두려워진다. '현실'에는 갖은 변수와 물음표가 가득하니까 말이다. 어른이 되어 꿈꾸는 일이 더 어렵게 느껴졌던 이유는 내게 어느 샌가 꿈 옆에 '현실'이 들러붙었기 때문이었다. 현실적인 꿈을 꾸겠다는 말은 확신할 수 없는 꿈을 꾸겠다는 말일지도 모른다. '현실'은 언제나 비현실적이고 도처에 변수가 가득하니까. 그러니까 '꿈'이라는 단어 옆 가장 어울리지 않는 말은 어쩌면 '현실'일지도 모르겠다. 현실 하나만 생각하면 사람은 언제나 겁쟁이가 되지 않는가. 그런데도 꿈까지 현실적으로 꾸라는 세상이 잔인하게 느껴진다. 꿈마저도 현실이 앗아가 버리는 것만 같다.

꿈 옆에는 자유, 사랑, 평화 같은 말들이 어울린다. 인류가 가슴에 한 번쯤 품었을 거창하고 아름다운 말들, 오랜 세월이 물음표를 지워버린 가치가 담긴 말들 말이다. 물음표가 필요 없는 소중한 가치들로 삶을 채우면 물음표 없이 살 수 있지 않을까. '할 수 있을까? 내가 될까? 현실적으로 가능할까?' 묻는 대신 인생에서 가장 원하는 것은 무엇인지, 나를 살게 하는 소망은 어떤 것인지, 무엇이 내게 가장 가치 있는 것인지 묻다보면 꿈은 현실에서 점차 독립해 내게 그간 본적 없는 용기를 선사해줄 것이다. '두려움보다 중요한, 무언가에 대한 확신'이 현실의 물음표들을 처단해주겠지. 그럼 그때 두려움 없이 그 가치를 향해 나아가면 된다.

애기와 외계인 사이

나는 신입사원이라기보다 애기에 가까웠다. 세상 물정을 몰라도 너무 모르는, 뇌가 순백인 상태였달까. 가끔 회사에선 날 애기라고 부르는 사람들도 있었는데 뭔가 날 무시하는 말 같긴 했지만 일편 맞는 말이라 수긍할 만한 애칭이라 생각했다. 나는 사회생활 경험이 전무한 레벨 0이었으니까. 하지만 사회생활을 해본 사람들은 알다시피 회사엔 애기가 없다. 실수하면 애기든 나발이든 욕 한 바가지를 듣게 되니까. 평소에 애기 취급을 하다가도 내게 불리한 순간이 오면 돌변하는 사회의 매정한 이

중 잣대에 정신이 아찔했다. 직장인은 직장인이다. 따라서 애기라는 타이틀은 사회생활에 하등 도움이 되지 않는다.

물론 연차가 쌓이면 그 연차에 이런 실수를 하느냐 욕먹고 신입이면 신입이라서 그렇다고 욕먹는 것이 회사라는 곳의 특성이지만 냉정히 따지면 같은 실수를 해도 고참보다 애기가 더 불리한 것도 사실이다. 신입의 실수를 신입이라서 감싸주는 사람의 수와 신입이니까 너도나도 한마디씩 지적하는 사람의 수를 비교해보고, 고참의 실수를 지적할 수 있는 사람의 수와 고참을 감쌀 (그의 근무기간에 비례할) 아군들의 수를 비교해보자. (물론 수년간 착실하게 평판이 매우 나쁜 사람보다는 신입의 처지가 낫다.)

온몸으로 나이 어림의 무(無)쓸모와 (얄)짤 없음을 깨달은 뒤로는 애기 티를 벗으려고 부단히 노력했던 듯싶다. 스물두 살이 무슨 뾰족 구두를 그렇게 매일 신었는지. 엘리베이터에서 좋아하는 연예인을 보고 (그녀가 내린 뒤) "꺄아!" 소리 한 번 질렀다가 싫은 소리를 듣고 나서부터는 큰 소리로 웃었던 기억도 없다. (내 웃음

소리가 좀 크긴 하다.) 옷도 덜 발랄하게 말투도 더 어른스럽게, 40대의 이야기도 이해하는 척 고개도 제법 끄덕였다. 또래 찾기가 어렵던 직장에서 20대 초반으로 사는 일은 무척 낯설고 어렵기만 했다. 놀랍게도 내가 입사했던 2018년도에는 'MZ'라는 나의(?) 세대(기성세대 기준 '외계인'들)를 지칭하는 단어조차 없었다. 그러니까 나는 그냥 외계인이었다.

그토록 오고 싶었던 회사에서 좀처럼 적응하지 못하는 내 자신이 한심하게 느껴지기도 했다. 외국계 회사에 취업한 친구는 출근해서 회사 탕비실에서 시리얼을 말아먹고 상사한테 '헤이'라고 한다는데 나는 선배들의 입사년도를 외우지 못해서 엉망이 되어버린 나의 압존법에 자괴감을 느끼고 있었으니까. 나, 번짓수를 잘못 찾아온 걸까? 여기 내가 있어도 되는 곳일까? 스스로 적응하고 있는 사실 마저도 어딘가 기괴하게 느껴질 때마다 등골이 싸했다. 나 괜찮은 걸까. 약도 없는 젊은 꼰대가 되어가고 있는 건 아니겠지.

퇴사 후 우연히 '애기' 시절 글을 발견했다. 수습기간 중 썼던 과제였다.

〈방송인으로서의 나의 다짐〉

세상이 나의 노력으로 변하지 않을 것 같다고 느껴지는 순간이 있었습니다. 그때 느껴졌던 건, '무력감', 그 비슷한 것. 세상은 변하지 않을 테니 그에 맞춰 살아야한다고 말하기엔 내게 소중한 것이 너무나 많았습니다. 이를테면 사람, 사랑, 정의, 활기, 소망, 기쁨 같은 것. 그것들을 지키기 위해 아나운서가 되어야겠다고 다짐했습니다. 방송국 사람들은 세상을 바꿀 수 있다고, 아나운서의 말이 세상의 좋은 길라잡이라고 생각했기 때문입니다. 아나운서가 되겠다는 다짐과 함께 나는 무력감에서 겨우 벗어날 수 있었습니다.

그 후로 1년이 지나 나는 서울의 한 방송국에서 아나운서가 되었습니다. 간절히 바라긴 했지만 한 번도 내 것이라고 생각하지 못했던 자리에 앉게 되니 기분이 영 이상합니다. '아나운서가 되고 싶다'는 꿈, 그 자체로 나는 이미 충분히 행복했는데 꿈이 현실이 되고 나니 나는 더 부지런히 행복해져야 했습니다. 짧은 순간 나는 꿈꾸는 사람에서 책임지는 사람이 되었습니다.

입사 전부터 벼랑에서 떨어지는 경험을 했습니다. 아픈 줄도 모르고 시간이 흘렀습니다. 아나운서의 일이 결국은 세상의 일부임을 받아들이는 데에, 내가 두려워하던 세상에 용기 내어 발을 디뎌야 한다는 것을 인지하는 데에 허비할 시간이 없었습니다.

하루는 선배님과 대화를 나눴습니다.

"10년 뒤에 네 모습은 어떨 것 같니?"

쉽게 대답하기 어려웠습니다. 10년 뒤에 나는 여전히 아나운서일까요?

"정말 솔직히 말씀드리면, 10년 뒤에도 제가 아나운서일 수 있을지 모르겠어요."

선배님께서는 환하게 웃으시며 벼랑에서 떨어지는 순간은 모두의 인생에 있다고 말씀하셨습니다.

"하지만 벼랑 끝으로 내몰려 떨어져도 지금 살았다면, 그건 네가 컸다는 거란다."

제가 지금 크고 있는 거라면 참 좋겠습니다. 인턴 기간이 끝나고 본격적으로 방송을 시작하게 되면 벼랑 끝에 내몰리는 것 같은 날이 또 오겠지요. 벼랑이 무섭지만 그 벼랑을 무서워하지 않기 위해 차근히 노력할 계획입니다. 언제든 벼랑 위에서 날 수 있도록 처음 이 꿈을 꾸었을 때의 마음을 기억하며 커가고 싶습니다. 가지려고 하기 보다는 감사하고 조급해 하기 보다는 음미하며, 그렇게 10년 뒤에도 내가 아나운서로 살 수 있다면 참 좋겠습니다.

새로운 세상에 별안간 별똥별처럼 내려 박힌 기분으로, 외계인이 지구별에 나들이를 온 느낌으로 출근하고 있습니다. 아직은 방송국이 낯설지만 이 낯섦이 좋습니다. 일에 익숙해진 사람보다 일에 새롭게 반응하는 사람이 되고 싶습니다. 나의 존재가 이 일에 쓰임이 있기를 바랍니다. 그리고 이 일이 사람, 사랑, 정의, 활기, 소망, 기쁨을 지키는 일이기를 간절히 바랍니다.

당시에 내 글을 보고 이 마음 잊지 말라며 토닥여준 선배가 계셨는데 시간이 흘러 몸이 이리 멀어지고 그 흔한 안부인사도 어색해진 사이가 된 것이 씁쓸하다. 애기와 외계인 사이를 오가며 살아가던 나는 이 다짐을 얼마나 지켰을까. 벼랑 끝에서 누가 밀면 훌쩍 날아버리자 다짐했는데 선택한 날개가 퇴사였으니, 10년 뒤에도 아나운서로 살자는 다짐을 지키는 데는 아마도 실패한 듯하다. 그래도 다행인 건 사람, 사랑, 정의, 활기, 소망, 기쁨을 지키는 일은 아직도 소망하고 있다는 것이다. 그리고 기특하게도 나는 살아있다. 부디, 그러니 그만큼 애기에서 조금 더 커 있는 거라면 참 좋겠다.

의미의 재정의

마땅히 그러해야 하는 것이 그렇지 못할 때 의미는 사라 진다. 연인 사이가 서로 사랑하지 않는다면 더 이상 의미 있는 관계가 아니고, 귀걸이가 몇 년째 서랍에 박혀 있 다면 그건 귀걸이로서 의미가 없다. 귀걸이의 의미는 귀 에 걸었을 때 생기니까. 이사하면서 오래전에 사두곤 자 주 하지 않았던, 샀던 것조차 까먹었던 귀걸이 더미를 발 견했다. 목걸이 줄에 얽혀서 와르르 한 번에 잡히는 것이 어딘가 귀걸이 무덤처럼 보이기도 했다. 기묘했다. 귀걸 이가 아니라 쇳덩어리들을 이고 살았군.

세척 후 계속 쓸 수 있는 것들과 그렇지 않은 것들을 분류하면서 내게 얼마나 의미 없는 것들이 많은지 잠시 생각했다. 그 의미가 바래진지 오래인데 이고 살고 있는 수많은 물건과 관계. 정갈하고 단순하게 살고 싶은 바람을 방해하는 무의미한 것들. 언제까지고 이것이 귀걸이이기 때문에 내게도 '귀걸이'일 것이라고 생각하는 것은 삶의 불필요한 짐을 늘리는 것뿐이지 않을까. 무소유, 라는 말은 거창하지만 주변을 정돈할 필요가 있어보였다. 물건의 이름과 쓰임을 떠나 내게 그것이 어떤 의미인지 재정의하는 일 말이다. TV도 버릴까 한참을 고민했다. 우리는 침대에서 주로 노트북으로 넷플릭스를 보는데 TV는 내게 무슨 의미일까 하고. 자주 틀지 않는 TV를 그저 TV니까 가지고 있어야 하는 걸까.

　　물건처럼 관계도 명명된 이름에 비해 의미가 없을 수 있다. 친구가 서로 진심을 나누지 않는 다거나 견주가 함께 사는 반려견을 사랑하지 않는다면 그 관계가 무슨 의미가 있을까. 심지어 가족마저도 서로 사랑하고 인정하고 아끼는 것이 마땅한 사이에 그렇지 못하다면 의미 없는 관계가 아닐까 싶은 것이다. 아무리 좋은 과외 선생님을 만나도 학생이 숙제를 하지 않으면 의미 없는 것처럼 내가 아무리 좋은 사람이라도, 상대방이 아무리 멋진 사람이래도 의미는 생기지 않을 수 있다.

　　20대 초반에는 귀걸이 10개를 묶음으로 파는 세트를 좋아했다. 가격은 저렴한데 귀걸이 개수도 디자인도 다양했으니 말이다. 이제는 더 이상 10개 묶음 세트에 매력을 느끼지 못하는데 그건 제품의 품질 때문이라기보다 내게 의미 없어질 귀걸이임을 알기 때문이다. 잘 관리하지 못하고 잃어버릴 것이 뻔해서. 20대 초반의 인간관계도 꼭 10개 묶음 귀걸이 같았던 것 같다. 여럿을 만나는 것이 좋고 새로운 사람을 많이 알게 되는 일이 즐거웠다. 시간이 조금 흘러 지금은 그 관계를 내가 다 담을 수 없다는 것을 안다. 새로운 사람을 한 트럭 만나도 그중 한두 명과 의미 있는 관계로 발전하는 일도 여간 쉽지 않다는 걸 알아서 더 이상 '많은' 관계에 관심이 없다. 이제는 이미 잘 가꾸고 싶은 관계들도 간직하고 있기도 하고. 의미 없어질 것들을 죄다 안고 살수는 없다. 몇 년 째 끼운 적 없는 귀걸이는 아쉽지만 내게 더 이상 귀걸이가 아니다.

삶의 모든 것들이 그렇다. '의미'를 유지하기 위해서는 부지런히 관심을 기울여야 한다. 저렴하게 끊은 헬스장 3개월 이용권을 의미 있게 하기 위해, 부부 사이의 의미가 퇴색되지 않게, 내 직업이 내게 의미 있는 일이 되기 위해 우리는 애써야 한다. 의미는 물건이나 대상이 만들어주는 것이 아니라 온전히 내가 만드는 일이니까. 아, 그러니 의미 있게 살기 위해선 매사 얼마나 더 부지런히 노력해야 하는 걸까.

CHAPTER 3

무언가가 될
나이

서식지 옮기기

퇴사 후 남은 대학 생활을 마무리했다. 6월에 퇴사하고 남은 한 학기를 다니며 졸업 전시를 준비한 것이다. 이미 미술과 많이 멀어졌는데 졸업을 위해선 작품을 만들어야 해서 부리나케 잃었던 미술 감을 되찾느라 애를 먹었다. 지나온 방송 바닥과 다시 돌아온 미술 바닥은 정말 다른 신(scene)이었다. 각 신을 구성하는 사람들의 생각과 말도 무척 달랐고 관심도 우선순위도 달랐다. '한예종(한국예술종합학교)'이라는 곳이 대학 중에서도 예술적인 개성이 강한 곳이어서인지 '방송국'이라는 곳이 직장 중에서도 특

색이 짙은 곳이어서 그런 것인지, 두 곳을 온전히 경험하는 입장에선 온탕과 냉탕을 넘나드는 기분이 들었다. 온대 기후에서 한대 기후로 서식지를 옮겨온 것 같았달까. 그렇게 냉탕과 온탕을 오가며 퇴사자이자 졸업자가 되어 다시 사회로 나갈 채비를 하다 보니 진로선택이라는 게 꼭 앞으로 살아갈 서식지를 고르는 일 같다는 생각이 들었다.

　　진로를 바꾼다는 건 서식지를 바꾸는 것과 비슷하다. 하는 일에 따라 주변과 자신이 많이 변하기 때문이다. 서식지마다 다른 주변 종과 환경, 새로운 포식자와 먹잇감. 무엇보다 달라지는 수명. 어떤 곳에서는 하루살이처럼 살고 어떤 곳에서는 소나무처럼 살 수 있다. 곁에 무엇을 두고 살아가는 지가 내가 삶에 소중히 여기는 것들을 알리는 지표라고 들었다. 곁에 어떤 결의 사람들을 둘 것인지, 어떤 수명을 허락하는 서식지를 고를지 고민하는 일은 정말 중요하다. 새로 선택한 서식지로 인해 삶의 소중한 것들이 바뀔지도 모르는 일이니까. 직업 하나로 주변이 통째로 바뀔 수 있다는 것은 무서운 일이다. 서식지를 바꾸며 우리가 자주 짓는 표정이 달라지고, 나아가서는 얼굴도 변할 수 있으니. 우리는 하루 중 꽤 많은 시간을 일터에서 쏟고 생각보다 더 짙게 일에 젖어들게 되니까. 그래서 이 삶에서 무엇을 할 것인지 고민하는 일에 에너지를 아끼지 않아야 한다고 생각한다. 그 고민에는 나 자신을 아는 것과 선택할 서식지의 생태계를 미리 알아보는 일도 포함일 것이다. 내가 그 생태계에서 살아남을 가능성을 점쳐보고, 그곳에 내가 얼마나 어울리는지도 상상해봐야 한다.

　　문득 어느 날은 그런 생각이 들었다. 나에게 맞는 서식지를 찾는 것도 중요하지만, 원하는 서식지에서 사는 것도 중요하지 않을까? 나의 경우 미술도 방송도 내게 어울리는 서식지였다기 보다 좋아하는 서식지였다. 내가 그곳에 적합한지 고민하는 것과 생존률만 가늠하다보면 자꾸 중요한 것을 간과하게 된다. 가장 중요한 건 내가 원하는 곳인지 아닌지 인데 말이다. 내가 조류인지 어류인지 완벽히 알 순 없는 일인데다 육지에 사는 물고기도 있다는 걸 감안하면 종과 서식지는 우리의 상상보다 훨씬 다양할 수 있다. 일단은 나 자신을 어떤 사람일 것이다. 단정 짓고 현실적으로 가능해 보이는 그럴

듯한 서식지를 고르는 일. 나도 모르게 내 한계를 설정해버리는 일일지도 모른다. 꿈꾸는 서식지에 사는 내가 돌연변이처럼 보인대도 그것 또한 뭐 어떤가. 살아있다는 것만으로도 나는 그 서식지에 어울리는 사람인걸. 살아있음이 살 수 있는 곳임을 증명한다.

사람마다 각자의 가슴을 뛰게 하는 사랑하는 서식지가 있다. 영화 신일 수도 있고, 방송국일 수도 있고, 전 세계 각 도시에 있을 수도 있다. 살고 싶은 모습을 떠올리고 그 모양대로 살아내는 사람이 몇이나 될까? 원하는 곳이 내게는 어울리지 않아 보이고 돌연변이처럼 외톨이가 될 것이 뻔하더라도 깊이 사랑하는 곳이라면 그곳에 가서 살아보기를 주저하지 않았으면 좋겠다. 내가 무엇인지 속단하지 않고, 내가 살아남을 가능성 같은 고민은 잠시 뒤로 하고 말이다. 서식지를 몇 군데 지나고 보니 돌연변이가 되는 것보다 무서운 건 살고 싶은 대로 못 사는 것이었다. 정말 내게 적합한 곳인지도 알 수 없는 서식지에 나를 맞추려고 애쓰거나, 혹은 내게 익숙한 서식지가 최선의 서식지일 거라 믿으며 안주하기보다 원하는 곳에서 돌연변이로 사는 것이 백번 행복한 일일지도 모른다. 돌연변이가 될지라도 사랑하는 서식지에 사는 것을 두려워 말자. 남들이 뭐래도 사랑하는 서식지에서 살자. 나라는 가능성을 아낌없이 펼쳐보는 삶, 꿈꿔온 가치를 구현해보며 사는 후회 없는 삶을 위해.

누구나 옷 갈아입을 땐 잠시 나체다

'반오십'에 두 번째 진로 고민을 시작했다. 진로 고민은 학생의 것이라 생각했던 시절이 있다. 그러나 웬걸. 직장인도 진로 고민을 한다. 애 아빠가 되어도 애 엄마가 되어도 진로 고민을 한다. 나도 변하고 나의 주변도 세상도 변하기 마련이니, 진로 고민은 평생 해야 하는 것일지도 모른다. '아나운서'라는 직업이 내게 준 변화와, 상상과 달랐던 일면들을 다시 곱씹어보면서 새롭게 진로 고민을 시작했다. 당시 나의 가려운 부분들은 대략 두 가지였다.

첫째, 내 배움이 너무 짧다는 것이었다. 대학 생

활을 마무리하지 못하고 사회에 나왔고 그 마저도 직업과 무관한 전공이라 늘 나는 내 자신의 배움이 짧고 부족하다고 여겼다. 순수하게 공부를 하고 싶었다. 공부는 사회에 나오기 전에 마지막으로 오롯이 자기 자신에게 집중할 수 있는 시간이다. 또래 중 유학을 갈지 취직을 준비할지 고민하는 친구들한테 나는 상황만 되면 무조건 유학을 가라고 했었다. 유학은 널 위한 시간이지만 취직은 회사를 위해 일하는 삶을 시작하는 거라고. 자라온 환경의 영향으로 주변엔 모두 음악·미술·무용을 하는 친구들이 많았는데 예술은 어쨌거나 자신의 세계를 구축하는 일이라 자기 자신이 오롯이 주인이 되고 책임지는 일이었다. 공부도 그렇다. 배우고 갈고 닦는 데 들이는 시간은 온전히 자기 자신에게 남는다. 일을 시작하고 '휘발되지 않는 것'의 소중함을 더욱 알게 된 터였다. 적어도 내가 느끼기에 방송은 휘발성이 강했다. 하지만 공부는 끈적하고 괴로운 만큼 진득히 내 안을 채우는 시간이다. 자신의 영역에서 아무도 훔쳐갈 수 없는 성장을 이뤄내는 사람들처럼 나도 나를 채우는 시간을 가지고 싶었다.

둘째, 방송의 포맷의 변화였다. 아나운서의 역할은 사회자나 인터뷰어인 경우가 많다. 나는 말하는 사람이 되고 싶어서 아나운서가 됐는데 평상시엔 말조심하느라 하고 싶은 말도 다 못 하고 살았고 일할 땐 역할과 상황상 해야 하는 말만 했다. 필요한 말들로 상황을 이끄는 멋진 일이기도 했지만 아무도 내 의견은 궁금해 하지 않는다는 게 허탈한 면도 있었다. '나의 말'을 할 수 있는 장르는 라디오나 예능뿐이었다. 하지만 아나운서가 라디오를 맡게 되는 경우의 수, 아나운서가 예능 프로그램을 하게 되는 경우의 수는 2000년대 초반에 비해 점점 줄고 있었고 내게도 기회가 올 거라는 확신이 없었다. 기회가 오더라도 아나운서 그 이상도 이하도 아닐, 아나운서라는 이름만으로 설명될 10년 뒤의 내가 어딘가 갑갑하게 느껴지기도 했다. 어쩌면 다른 모습으로 방송을 하는 것이 훨씬 내가 꿈꾸던 모습에 가까울 것이라 생각했다.

언제든 뭘 해야 하는지 고민하는 것은 너무 자연스러운 일이다. 잠시 멈춰 서서 앞으로 뭘 할지 고민하는 일을 마치 커다란 방황이고 엄청난 낭비인 것처럼 여기는 건 사실 엄살이고 호들갑이다. 자신에게 맞는 옷을 찾는 중에 스스로가 발가벗겨져 있다며 괴로워하는 것과 같달까. 원래 옷 갈아입을 땐 잠시 나체다. 뭘 해야 하는지에 대한 물음의 답이 당장 나오지 않는다고 자신에게 너무 박해질 필요는 없지 않을까. 고민은 원래 밥 먹고 숨 쉬듯이 평생 하는 것이니까. 우리는 언제나 답 있는 물음보다 답 없는 물음을 더 많이 안고 사니까.

때가 되면

아나운서를 준비한 지 1년 정도 되었을 때, 고작 스물두 살이었던 나는 방송국 공채 시험 준비에 한참이었다. 늘 안절부절, 애걸복걸, 발을 동동 구르며 아나운서 학원과 미용실이 있는 신촌과 강남, 온 서울을 쏘다녔다. 대한의 모든 딸들이 그러하듯 입사 전형이 고차로 올라갈수록 나는 예민해져갔다. 1차는 3000명 정도가 모두 응시하는 카메라테스트, 단신 기사 세 문장 정도 읽고 짧은 시간 안에 끝이 나는 잔인한 전형이다. 2차는 필기와 작문, 3차는 더 적은 인원의 역량을 확인하고 질문을 던지는 심

층 카메라 테스트다. 3차 역량면접에서 총 10명 정도가 추려지면 그 10명은 다음, 합숙 전형에 임하게 된다. 합숙면접 후에는 임원 면접을 거쳐 최종 합격자를 가리게 되는데 당시 나는 1차 카메라 테스트를 처음 붙어본 차였다. 1차 합격조차 내겐 흔하지 않은 행운이었기에 여기까지 어떻게 왔는데, 떨어지고 싶진 않다는 마음은 더 간절해졌다. 하지만 2차 필기시험에서 삐약삐약과 삐악삐악 중 고민하다 삐약삐약을 답으로 낸 뒤 (답은 삐악삐악이다) 나의 예민함은 극도로 커졌다. 2차 합격자 발표가 나올 때까지 툭하면 집에서 가자미눈을 하고 성질을 부렸다. "알아서 한다고오오." 눈을 희번덕 뒤집어 깔 때마다 엄마는 혀를 끌끌 찼다.

"니 나이가 고작 스물두 살인데 왜 뭐가 되려고 하니? 한창 배울 나이지 뭐가 될 나이가 아니야."

당시에는 무슨 말인지 전혀 이해하지 못했다. 무언가가 되는 것은 당시 내게 무척 중요했다. 하루 빨리 나를 이 사회에서 설명할 수 있는 이름을 가지고 싶었다. 이름 앞에 나를 설명할 무언가가 있어야만, 명함 비슷한 것이 있어야지만 사회가 나를 껴줄 것만 같았다.

갖은 뉴스와 정책들과 어딘가 무관한 사람 같았던 당시의 나는 주 52시간이든 부동산 정책이든 주변인이 아닌 당사자로서 사회를 경험해보고 싶었다. 그래야 어른이 된 것 같았고 그러려면 무언가가 되어 있어야 할 것 같았다. 세상에 내 자리를 하나 만들고 싶어서 직업이 가지고 싶었던 것 같다.

이제와 돌이켜 보니 엄마 말이 백번 맞다. 무언가 되는 것보다 무언가 배우는 것에 더 많은 의미를 두어도 괜찮은 시기였다. 무언가 될 시기라는 게 따로 정해져 있지는 않지만, 무엇이 되고 싶은지에 따라 다르겠지만 '무언가 되는 것'은 가지려고 안달낸다고 단박에 되는 것이 아니었다. 절대적인 준비 시간이 필요하고 꽃이 자신의 개화 시기에 맞춰 움트는 것처럼 사람마다 때가 다르다. 그리고 가장 중요한 건, 언젠가 자기 때가 되면 핀다. 걸음을 늦게 시작한 아이도 결국엔 잘 걷는 어른으로 성장하는 것처럼. 사회에 나가 내 자리 만드는 일도 결국엔 때가 되면 되게 되어있다.

서울을 종횡무진하며 무언가 되고자 고생했던 과거의 나에겐 고맙고 기특하지만 한편으로는 조급함으로 불안해할 이유까지는 없었는데 싶다. 화장을 빨리 시작하고 싶어 했던 10대의 나를 보는 기분이랄까. 그때도 엄마가 '크면 화장하기 싫어도 할 텐데 뭘 지금부터 하고 싶어 하냐' 했더랬다. 그때는 이해하지 못했지만 일하러 갈 때마다 화장하는 지금은 격하게 공감이 된다. 일하기 싫어도 일하게 될 터인데 뭘 그리 빨리 일하고 싶어 했는가! 건강보험료, 가스비, 세금. 죽을 때까지 낼 텐데 뭐 하러 그렇게 빨리 시작하고 싶어 했는가 말이다. 모든 지난 일이 그땐 맞고 지금은 틀린 법이지만 누군가 조급함에 불안해하고 있다면 엄마가 내게 해줬던 말을 해주고 싶다.

지금은 한창 배울 나이지, 무언가가 될 나이가 아니야.

무언가가 될 나이 같은 건 사실 없다. 그러니 조급해하지 않아도 된다. 설사 그게 내가 원하는 시기가 아니더라도, 내가 원하는 모양이 아니더라도, 포기만 안 하면 결국엔 반드시 하게 된다. 그게 무엇이든.

수험생

퇴사하고 새로운 출근지, 아니 출석지가 생겼다. 독서실
이었다. 자본 루틴에 길들여져 매일 새벽 5시에 자동으
로 눈이 떠지던 사람인데도 출근이 아니라는 이유로 아
침 8시 기상도 버거웠다. 바이오리듬 때문에라도 적어도
한 달은 아침 일찍 기상할 수 있지 않을까 기대했는데 사
람이 얼마나 간사한지.

　　몸은 빠르게 백수의 루틴을 찾아갔고, 아침 9시
에 겨우 독서실에 출근 도장을 찍었다. 매일 아침 시간
재고 모의고사를 풀고 오후엔 채점을 했다. 공부를 시작

하고 내게 눈에 띄게 달라졌던 변화는 더 이상 불필요한 뉴스를 보지 않는다는 것이었다. 가십성 기사들과 쇼핑 특가로 나를 어지럽혔던 모바일 인터넷 세상과 멀어졌다. 궁금해도 볼 시간이 없었다. 웹 서핑하는 시간이 줄어들수록 나는 내 삶에 충실하고 있다는 기분이 들었고 무엇보다도 마음이 편안했다. '남 일'보다 '내 일'에 확실히 비중이 실려 있는 삶이었다.

우리는 살면서 남 일에 너무나 많은 에너지를 쓴다. 오지랖은 평화를 앗아 간다. 평화는 내 안에서 오기 때문이다. 내 이름 '수민'의 '수'는 빼어날 수가 아니라 닦을 수(修)다. 수능이라는 단어에 쓰이는 한자이기도 하다. 공부하는 일은 도 닦는 일이다. 그만큼 내 자신에게 집중하는 일. 오랜만에 하게 된 공부가 이상하게 좋았다. 내 밖의 혼란에서 벗어날 수 있어서.

내가 시작한 공부는 '리트(LEET, 법학적성시험)' 공부였다. 리트는 로스쿨에 지원하기 위해 수능처럼 봐야 하는 시험으로, 주로 세 가지 과목을 본다. 언어영역 같은 1교시 '언어이해'와 2교시 '추리논증' 과목이 있다. 3교시에는 논술도 보는데 학교에 따라 논술 점수는 반영되지 않는 경우도 있어 수험생은 주로 두 가지 과목을 준비하게 된다. 리트를 준비한다고 다 똑똑한 것은 아니다. 나의 경우는 머리가 비상해서 뚝딱 원하는 점수가 나오는 유의 사람은 아니었다. 언어는 자신 있다고 생각했는데 한 번도 평균 이상으로 본 적이 없고 추리는 역시나 늘 평균 이하의 점수가 나왔다. 쉽게 말해 나는 공부를 잘해서 로스쿨 진학을 꿈꾸게 된 사람은 아니었다. 현실에 비해 높은 이상에 도전하는 입장이었다.

　　퇴사 후 첫 시험을 보기까지 대략 두 달의 수험 기간 동안 사실 대단한 성장은 하지 못했다. 내게는 독서실에 앉아 있는 것부터가 새로운 과제였다. 시끌한 일터가 아닌 조용한 전쟁터에서 하루 대부분의 시간을 보내는 것도 오랜 만에 연필을 쥐는 것도 낯설고 어색했다. 하지만 사람의 욕심은 끝이 없어서 책상에 앉아있는 것도 어색한 처지에 실력이 오르지 않는다며 불안해하기 까지 했다. 하나도 못 알아듣는 논리학 책을 보고 있으면 눈물이 차올랐다. 분명 퇴사하면서 나만의 속도로, 내가 원하는 삶의 방향으로 하루하루 살아가자고 생각했는데. 어느새 시험 앞에서 또다시 조급함으로 가득했던 그때의 나를 생각하면 어처구니가 없을 만큼 안쓰럽다. 필요충분조건이니 대우니 하는 것들 모두 처음 보는 것이니 이해가 안되는 게 당연했는데. 왜 그렇게 '빨리' 결과를 내야한다고 생각했는지. 두 달 안에 점수를 뻥 올려서 당장이라도 로스쿨에 입학하고 싶다는 욕심만이 앞섰다. 그렇게 독서실에서의 나는 매일 문제 풀고 채점하고 울다, 해설서보다, 엎드려 자다 집에 돌아왔다. 이해가 안돼서 울거나 머리가 안 돌아간다며 잤던 기억 밖에 없다.

그래도 버틴 공은 있었는지 본 시험에서 지원자의 평균 정도의 점수는 나왔다. 분명히 잘 본 건 아니었지만 원서를 써봄직한 '현실적인' 점수가 나온 셈이었다. 그렇게 감사하게도 면접을 볼 기회가 생겼고 나는 그해 겨울 로스쿨 면접을 봤다. 결과는 예비번호도 못 받고 낙방이었지만 역으로 생각해보면 면접이라도 볼 수 있었던 것이 내겐 큰 행운이었다. 그렇게 두 달 억지로 공부하고 붙는 것도 이상하다. 내가 천재가 아니었다는 점이 자못 아쉽지만 어찌 보면 당연한 결과였다. 꿈꾸던 게 쉽게 되는 것도 시시하니까. 꿈이니까 어려운

법이지. 물론 '불합격' 세 글자를 본 날 소주를 1.5병 들이켰던 건 안 비밀이다. 그렇게 나는 다시 수험생이 되었다. 내 인생이 편히 공부하도록 가만 놔두지 않을 거란 사실은 모른 채.

내 세상이 끝나는 기분

쉽게 말해 재수를 시작했다. 그리고 그렇게 공부를 시작한 지 석 달 만에 별안간 임테기(임신테스트기)의 두 줄을 보았다. 근래 자주 기분이 무척 나쁘고 어딘가 인성머리가 파탄 난 것 같았던 것 외에 특이 증상은 없었는데. 자주 빡치는 것이 임신 소식의 힌트였다니. 혼인신고를 하고 결혼식 날짜를 잡고 신혼집으로 둘의 살림을 합친지 한 달 만에 닥친 소식이었다. '아이는 5년 뒤에 가져야지' 같은 가소로운 계획을 세우고 '나는 모든 것(결혼, 학업, 일)을 동시에 다 잘 해낼 수 있다!' 자신만만해 하던 차였는데 예기치 못한 변수에 머리를 한 대 맞은 듯했다. 어리둥절함에 어떤 리액션을 해야 하는지 감도 오지 않았다.

일단, 그건 그렇고 살던 내 일상을 마저 살자는 마음이 앞섰다. 당시 녹화 중이던 MBN의 예능 프로그램 〈아!나 프리해〉라는 방송도 계속했고 학업도 이어 나갔다. 하지만 모든 것은 체력의 한계를 마주했다. 계속 졸리고 토하고 무기력했다. 프로그램은 얼마 지나지 않아 종영했고 재수생의 시험일은 한 달을 남겼는데 난 좀처럼 책상 앞에 앉지를 못했다. 한 과목만 두 시간 동안 보는 시험을 준비하는 사람이 20분 책상 앞에 앉아있는 것도 힘들어 했다. 뼈 없는 연체동물처럼 흐느적거리며 입덧 시기를 지나고 있었다. 신랑은 잔뜩 나를 걱정하는 듯 했지만 특별히 이래라 저래라 하는 것은 없었다. 그저 내가 오늘 강아지 산책을 시켰다고 하면 대단하다며 격려의 박수를 보내고 밥을 제때 먹었다고 하면 나라라도 구한 위인인 것처럼 칭찬을 해줬다. 돌이켜 보면 당시 나는 꽤 우울했던 것 같다. 마음도 마음처럼 안 됐고 몸도 마음처럼 안됐다. 아무것도 안 된다는 기분은 내게 세상이 끝났다고만 말하는 것 같았다. 마음에 들지 않는 하루하루들이 쌓일수록 마음속 소리는 또렷해져갔다. '네 세상은 끝났어.'

학원도 무단으로 결석하고 전국 모의고사는 한 번도 보러 가지 않았다. 누군가를 만나서 나 재수 하다가 임신했잖아, 말하고 싶지도 않았고 나도 모르겠는 미래를 이렇게 저렇게 계획 중이다 말할 수도 없어서 두문불출하고 집에서 변기만 잡고 토하고 있었다. '입덧'은 미디어에 표현된 만큼 고상한 '욱, 욱' 정도가 아니었다. 양치 후 물을 뱉었는데 뱉은 게 물이 아니라 토사물인 수준이었으니까. 입덧 때문에 사유의 정원 모임도 빠진 참이었다. 그렇게 재수생의 시험일은 다가왔다.

그러던 중 선생님께서 여름을 맞아 사유의 정원 구성원 모두 함께 문경으로 MT를 가자고 제안하셨다. 마침 정해진 날짜는 나의 두 번째 리트 이틀 전날이었다. 못 가겠다 싶은 생각이 가장 먼저 들었다. 아침 8시에 홍대에서 만나서 출발하는 일정이었는데, 내가 홀로 아침에 홍대까지 갈 자신도 없거니와 여행 일정을 소화할 체력도 안 될 것 같았고 무엇보다 괜히 시험 전날 문경에 있는 것이 (공부도 안 하면서) 신경이 쓰였기 때문이었다.

하지만 나를 잘 아는 신랑은 계속 MT에 갔다 오라며 부추겼다. 스트레스를 풀어야 시험도 잘 볼거라나? 어차피 전날 내가 공부할리 없다는 것을 아는 듯했다. 고민 좀 해볼게, 하고 퍼질러 자고 일어나니 MT를 가기로 한 날 저녁이었다. 모임 식구들은 임산부니 무리하지 말라며 내 사정을 이해해줬고 나 또한 눈 떠보니 저녁인 걸, 하고 홀로 또 집에 있었다. 또 마침 신랑이 밤 11시에 퇴근하는 날이라 홀로 긴 저녁을 보내야 했다. 또 그냥 그런, 외롭고 공부는 해야겠는데 안 되는 끔찍한 저녁이었다. 신랑은 그날 아침부터 퇴근할 때까지 하루 종일 MT에 가라며 나를 설득했다. 하지만 현실적으로 내가 문경에 갈 수 있긴 한 걸까. "그래, 나도 가고 싶어. 그런데 시험을 이틀 앞둔 입덧쟁이가 뭘 할 수 있겠어"라고 무기력하게 대꾸한 뒤 다시 흐느적거릴 뿐이었다.

그날 밤 11시에 신랑은 날 싣고 야밤에 문경으로 향했다. 모임 사람들이 예약한 펜션의 옆방이 마침 비어 있는 데다 애견동반도 가능해서 강아지도 품에 안고 떠났다. 야반도주. 그러니까 현실에서 야반도주한 셈이었다. 한여름에, 자정이 넘은 밤에 갑자기 고속도로를 달리는 기분은 뭐라 말로 표현할 수 없다. 이렇게 벗어날 수 있는 것이었나? 달리는 바람결에 나의 우울이 흩날려 떨어지는 것이 느껴졌다. 캄캄한 도로를 달릴수록, 집에서 멀어지고 있음을 느낄수록 가슴이 두근거렸다. 컴컴한 밤에 두 시간 반을 달려 새벽에 문경에 도착했다. 새벽 2시가 다 된 시간에 신랑과 강아지와 아직 잠들지 않은 선생님과 친구들과 함께 쏟아지는 별들을 감상했다. 공기도 하늘도 다른 곳. 삶의 괜찮은 면으로 이렇게 쉽게 옮겨 올 수 있다니.

다음 날, 평상시엔 해가 중천에 떠도 일어나지 못했던 나는 아침 7시에 일어나 선생님과 아침밥을 먹고 친구들과 문경 새재 쪽으로 가벼운 등산을 했다. 신랑은 피곤한 몸을 뉘이게 두고 종알종알 선생님과 이야기 하다 보니 힘든 마음의 노폐물은 빠지고 디톡스한 몸처럼 가벼워졌다. 그곳에서는 내 임신도, 시험도 잔잔한 삶의 하루하루 중 하루 일뿐이었다. 여유로운 시간 속에서 나는 조금씩 마음을 회복했다. 어느덧 시험 전날이었지만 오후까지 문경에 있다가 수험장으로 출발했다. 수험장 근처에 급하게 방을 하나 예약했고 여행에서 돌아가는 길에 강아지를 친정에 맡겼다. 오랜만에 보는 부모님께 의기양양하게 "나 시험 보고 올게" 하며 손 흔들어 인사했다. 그리고 시험장에 갔다.

엄마는 내가 시험 보러 안 갈 줄 알았다고 했다. 나도 내가 그럴 줄 알았다. 공부를 못 한 시간이 길어지니 시험 자체가 내게 큰 부담이었고 채점은 너무 두려웠으니까. 하지만 어찌 저찌 주변 사람들의 사랑과 응원으로 시험에 응시했다. 점수는 감사하게도 작년보다 찔끔 올라 있었다. 내 계획이 완전히 무너져버린 괴로운 수험생활이었지만 어쨌거나 완주했다는 것이 내게 의미하는 바가 컸다. 시험을 봤다는 것만으로도 매일매일 해야 할 일로부터 패배했던 수험생활이 부끄럽지 않았달까. 그리고 시험의 중압감에서 벗어난 뒤 나의 우울과 입덧은 좋아졌다.

욕망

욕망【명사】【~하다 → 타동사】
무엇을 간절하게 바라고 원하는 것. 또는 그 마음.

두 번의 리트를 통해 스스로에게 진지하게 묻기 시작한 것이 있다. 나는 무엇을 욕망하는가에 대한 문제였다. 나는 줄곧 '욕심'은 좋은 것이다 생각하며 살아왔다. 일이든 사람이든 욕심이 있어야 '사이즈 업'이 된다고 믿기 때문이다. 그래서 욕심 옆에 아무렇지 않게 들러붙는 비속어들이 싫다. 특히 '욕심도 많은 년' 같은 말. 욕심내기에 게으른 사람들이 남의 노력과 성취를 깎아내리려 만든 말일 뿐이라 생각한다. 바라건대, '욕심'이 '열심'의 동력이 되는 선순환을 사회가 높이 사고 욕심을 격려하는 세상이 왔으면 좋겠다.

남에게 피해주지 않으면서 자기 욕심껏 사는 것, 그러니까 자발적 열심은 무척 대단하고 멋진 태도다. 실례로 늦깍이 대학원생이 되어 공부에 열을 올리는 우리 엄마만 봐도 그렇다. 교수님이 레포트 두 장을 써오라고 하면 혼자 밤을 꼬박 새서 열 장을 써서 내니까. 온라인 줌(zoom, 클라우드 기반 화상회의 서비스) 시대의 대학생활 선배로서 줌 수업을 잘 하는 방법은 아무 질문도 하지 않는 것이라고 분명히 얘기해줬는데도 엄마는 매 수업에 적극적인 학생이다. "엄마, 왜 그렇게 열심히 하는 거야?" 물으면 "그냥. 잘하고 싶으니까"라고 대답한다. 엄마의 공부 욕심은 어디서 오는 걸까, 가만 고민해 봤다. 엄마에게 전공은 살면서 한번 배워보는 분야가 아니라 이번 생에 가장 잘해보고 싶은 영역이었고 줌 수업은 평생 궁금했던 질문의 궁금증을 해소하는 시간이었던 것 같다. 배움만큼이나 욕심이 재능이 되는 분야도 없는 듯

하다. 인생의 모든 영역에서 잘하고 싶다는 마음. 욕심은 분명 자신을 성장시키는 큰 자산이다. 쉽게 만족하지 않는 마음만이 우리를 도전하게 하니까.

그렇게 욕심을 긍정하며 살던 나였는데 문득 욕심보다 큰 욕심의 방향성에 대해 물음이 생겼다. 욕망. 무언가를 바라고 원하는 마음. 나의 욕망은 어디를 향해 있는 걸까? 나는 왜 열심히 할까? 내가 공부를 시작한 이유는 뭘까? 내가 궁극적으로 욕심내는 것은 뭘까? 나는 돈을 많이 벌고 싶은 걸까, 누군가에게 인정받고 싶은 걸까? 내 욕심의 끝은 어디를 향해 있나?

욕망을 고민해보는 것이야 말로 내 자신의 민낯을 살펴보는 일이었다. 20대 초반엔 남이 나를 알아주지 못할까 봐 두려웠다면 요즘은 내가 나를 알지 못하는 것이 두렵다. 경험상 내가 나를 모르는 채, 무엇을 욕망하는지 알지 못한 채로 욕심만 내는 것은 분명 내 자신을 불행하게 하기 때문이다. 방향성 없이 욕심만 내면 욕심이 욕심을 낳는 식으로 삼천포로 빠지기 마련이었고 주어진 일을 큰 그림 안에서 보지 못하면 때로 행운이 불운이 되기도 했다. 무언가를 욕심내는 이유를 아는 것은 내 자신을 이해하는 데 필수였다.

　　사실 욕망하면 가장 먼저 떠오르는 것은 잘생긴 남자다. '잘생긴 남자가 밥 먹여 주냐고요? 무슨 소리. 내가 잘생긴 남자 밥을 먹여줄 겁니다' 하는 인터넷 속 어느 유머, 그게 꼭 내 심정이다. 나는 뼛속까지 대단한 이성애자다. 잘생긴 남자가 좋다. 나는 신랑이 잘 생겨 보여서(잘생겨서 아님) 결혼했다. 뭐 물론 내 욕망이 정녕 '핸섬맨' 하나로 귀결되는 단순한 것이었다면 잘생긴 남자를 여럿 만나는 것에 최선을 다하는 삶을 살고 있겠지만, 더 많은 잘생긴 남자를 만나볼 기회를 고사하고 이렇게 후딱 결혼한 것을 보면 내 욕망은 '내 눈에 잘 생겨 보이는 남자와 한 평생 (되도록이면 함께 오래) 살기' 정도로 정정할 수 있겠다. 잘생겨 보이는 남자와 한 평생 살기로 욕망하는 것은 단란한 가족이기도 하다. 단란하다는 건 뭘까? 얼굴 붉히는 시간보다 웃고 있는 시간이 더 많으면 잘 지내는 것 아닐까. 그러니 자주 웃는 일에 더 욕심내야겠다, 다짐한다. 아, 나는 일 욕심도 많다. 언젠가 친구들끼리 "너는 몇 살까지 일하고 싶어?" 물은 적이 있다. 내 대답은 "죽을 때까지!"였다. 죽을 때까지 일하겠다는 다짐은 어쩌면 '일'을 즐겁게 하고 싶다는 말일지도 모른다. 오직 '돈벌이' 수단이기만한 일이 아니라 죽을 때까지 놓기 싫은 일을 하고 싶다는 뜻이었다. 재밌는 일에 대한 욕심이 나를 여기까지 끌고 온 거겠지.

그렇다면 재밌는 일이란 무엇일까? 그동안은 나의 쓸모에 대해 고민했다면 이제는 나만의 쓰임을 욕망한다. 쓸모 있는 사람보다 쓰임이 있는 사람이 되고 싶다는 마음이 꿈틀거린다. 둘 사이에는 관계를 통해 내 가치를 확인한다는 공통점이 있지만 차이점도 분명한데, 쓸모를 찾을 땐 고려되지 않았던 것이 쓰임을 발견할 땐 중요해진다는 것이다. 쓰임의 가장 큰 특징은 '나의 고유함'이 고려된다는 점이다. 쓸모야 비교적 다양한 분야에서 적은 시행착오를 겪고도 찾을 수 있지만 나라서 할 수 있는, 내게 딱 맞는 쓰일 곳은 평생에 걸쳐 하나 찾기도 쉽지 않은 듯하다. 적고 보니 결론적으로 내가 욕망하는 건 '대체 불가능한' 삶일지도 모르겠다. 애인 사이보다 부부로 사는 게 더 좋고 안정성 높은 일보다 재밌는 일, 나만 할 수 있는 일이 좋은 건 나 스스로가 '대체 불가능한 사람'이 되는 일을 욕망하기 때문이다. 대체 불가능한 사람이 되는 법 중 하나는 소중한 관계를 만드는 일이라 믿는다.

　　소중한 관계 맺기 없이 외딴 섬으로 사는 것은 삶의 진가를 발휘하지 못하며 사는 일이 아닐까? 멋진 최신식 휴대폰으로 문자랑 전화만 쓰는 격이랄까. 그래서 좋아하는 사람들과 자주 만날 수 있는 시간과 여유는 늘 욕심이 난다. 관계란 함께 시간을 보내야 만들어지니까. 자주 만나고 싶고 보고 싶은 사람들을 언제든 볼 수 있는 삶을 꿈꾼다. 이 바람이 현실이 된다면 1000만 팔로워를 갖는 삶쯤은 부럽지 않을 것이다. 1000만 명이 보는 삶 말고, 보고 싶은 사람을 맘껏 볼 수 있는 삶이 곧 행복이 아닐까. 나의 욕망과 욕심을 분간해 정리해보니 욕망이란 꼭 갖고 싶은 것이라기 보다 죽어도 포기하기 어려운 것에 가까워 보인다. 욕망의 정의 속 "간절하게 바란다"는 떼쓰고 기도하며 바라는 것이 아니라 양보할 수 없어서 고집스럽게 따라가게 되는 모양 같다. 유행하는 노래 속 가사처럼 '절대 포기 못 해' 싶은 것들을 추려본다. 내가 나로 사는 데 필요한 것들을 알아가려는 노력이다. 잘생겨 보이는 남자와 꾸리는 단란한 가족, 평생하고 싶은 일과 보고 싶은 사람을 마음껏 보는 여유. 욕망하는 것들을 적어보니 내 마음의 모양이 어떤지, 나라는 사람이 무엇인지 조금은 알 것 같다. 나이가 더 먹으면 내 욕망도 변하려나? 일단, 지금은 그렇다.

쪽팔려!

나는 내 실패가 쪽팔렸다. "면접은 봤는데 최종에서 떨어졌어요" 이런 변명 섞인 근황 자체가 입 밖에 내기 민망했다. 그런데 신랑은 이상하게 온 동네에 내가 공부하는 수험생이라고 말하고 다니는 것이었다. 높지 않은 점수라는 걸 알면서도, '열심히 할 거야' 말만 하고 사실은 스스로 자포자기하고 징징댄 날이 무척 많다는 걸 알면서도 신랑은 직장에서도 동창회에서도 "수민이 요즘 로스쿨 가려고 공부해"라고 아무 거리낌 없이 말하는 것이었다.

공부해도 성적이 도통 안 오르는 것 같은 시험을 준비하고 자꾸 불합격하는 것이 나는 창피한데 뭐가 저렇게 당당한 것인가. 신랑에게 "아후, 창피하니까 나가서 그런 소리 좀 하지 마"라고 말한 적은 없었지만 마음속으로 남 몰래 '다른 사람들한테 말하지 말지…' 싶었다. 하루는 보다 못해 물었다.

"나 계속 떨어지는데 내가 로스쿨 준비하는 거 안 창피해?"

"응. 어려운 시험이니까 떨어지는 거지. 그게 왜 창피해?"

듣고 보니 맞는 말이라 수긍했다. 그렇네. 나의 창피함은 어디서 왔을까? 내 인생에 스스로 창피했던 순간은 과거에도 있다. 아나운서 시험을 준비하려면 미인대회 입상 경력 정도는 한 줄 있는 것이 좋다는 조언에 따라 미인도 아닌데 미인 대회에 나간 것이다. 당시 고데기도 할 줄 모르고 속눈썹도 붙일 줄 몰라서 아나운서 학원에서 만난 미스코리아 언니에게 일일이 과외 받듯 배웠다. 언니랑 같이 강남역 지하상가를 돌며 신어본 적 없는 앞굽이 두꺼운 하이힐을 사고 몸매를 보정해준다는 속옷을 샀다. 구두도 속옷도 언니가 다 골라줬다. 고데기하는 법도 배웠다. 얇은 빗으로 한 번 빗고 머리를 한 움큼 잡아서 하나는 앞으로 말고 반대편은 뒤로 말고. 워킹도 배웠다. 워킹 라인 끝에 도착하면 자신감 넘치는 표정으로 골반을 이렇게 저렇게 돌리며 무대를 넓게 써야 한다고 했다. 하나하나 주옥같은 꿀팁들이었다. 옆에서 보고 배울수록 미스코리아는 아무나 하는 게 아니구나 싶었다. 언니가 그렇게나 많이 도와줬는데도 난 여전히 자신이 없었다. 짧은 다리가 기다란 척 걷고 도도하게, 자신감 넘치는 표정을 짓는 것이 영 어색하고 부끄러웠다. 내 키가 160센티미터가 조금 안 되니까 자신이 없는 것도 어찌 보면 당연했다. 내가 참가자 중에 제일 작았을 것이다.

하지만 어쩌다 본선에 가게 됐고 예선입상 상장을 받기 위해서는 필수로 일주일간 합숙을 해야 했다. 본선에서 상 받는 건 기대도 하지 않았으니 본선을 위해 다른 참가자들과 합숙하는 건 너무나 부담되는 일이었다.

아니나 다를까 미인대회 본선 합숙 중반쯤 나는 예선 상장이고 뭐고 집에 가고 싶어졌다. 못 하겠다는 생각, 나는 진(眞)이 될 리 없는데 싶은 생각이 자신감을 계속 깎아 먹었다. 자신감이 떨어질수록 '자신감 넘치는 척'하는 일은 더 힘들어졌다. 자신감 넘치게 웃는 것도 힘들고 워킹도 그저 쪽팔렸다. 대회 준비를 도와줬던 언니에게 연락을 했다.

'언니, 나 못 하겠어…. 그냥 짐 싸서 집에 갈까봐.'

그때 언니가 내게 보내줬던 말이 있다.

'네가 네 자신을 믿어주지 않으면 심사위원들도 널 믿어주지 않을 거야.'

미인대회에 국한된 말은 아니었다. 저 말은 내 삶의 여러 순간 등장해 나를 응원해줬다. 숱하게 많은 시험대에서 우리는 자주 불안하고 주로 자신 없다. 자신이 없어지면 포기하고 싶어진다. 그리고 포기하면 기회는 영영 없다. 그게 무엇이든 내 자신이 할 수 있다고 믿기란 여간 쉬운 일이 아니다. 스스로가 미인이라고 믿는 것부터 아나운서가 될 수 있다고 믿는 일까지. 뭐 하나 쉽게 믿어진 것이 없다. 정말? 내가? 될까? '믿음'은 어렵고 '의심'은 쉽다.

진짜 될 수 있을진 아무도 모르는 것이지만 적어

도 그 일을 바라는 당사자가 될 거라 믿지 않으면 타인도 내가 해 내리라 믿어주지 않는다. 나마저 내가 할 수 있다고 믿어주지 않으면 나는 아무도 믿어주지 않는 사람이 되어 버릴지도 모른다. 게다가 믿음이라는 것은 본인이 가져야만 그 힘이 발휘된다. 믿음을 현실로 만들 수 있는 건 나뿐이니까. 그러니까, 쪽팔려할 필요 없다. 뻔뻔해져도 좋다. 자기 자신을 믿는 일에는.

가격과 가치

요즘 2030 중 부동산에 관심 없는 사람이 얼마나 될까? 화장품을 추천 받기 위해 유튜브를 보던 나는 어느새 부동산 공부를 하기 위해 유튜브를 보는 사회인이 되었다. 퇴사 후 나의 관심은 '집 한 채'에 집중되어 있었다. 직장이 없어져서 그런지 직장은 없어도 집은 꼭 있었으면 좋겠다며 부동산에 몰두하게 된 것이다. 반오십에 부동산이라니 어딘가 자낳괴(자본주의가 낳은 괴물) 같은 관심사 같지만 수중에 집 살 돈은 없어도 지역 곳곳의 집값을 비교하고 알아가는 일은 꽤 재밌었다. '이 집은 왜 이 가격일까' '이건 왜 저것보다 비쌀까' '무엇이 집의 가격을 결정하는 걸까' 나름 알아가는 재미가 있었달까.

그러던 중 나는 한 가지 꽤 흥미로운 사실을 알게 됐다. 가격과 가치는 다르다는 것이다. 부동산 안목이 초짜인 나는 가격에만 매몰돼 있었는데 가치와 가격을 혼동하지 말라는 유튜브 속 투자 조언에 한 대 맞은 듯했다. 맞아. 가격과 가치는 별개인데.

출연료가 내 가치인 것처럼 느껴지는 순간이 있다. 연봉을 계약하거나 광고료 또는 출연료를 받는 직종에는 '몸값'이 라는 것이 존재하는데 우리는 흔히 '몸값'을 곧장 '가치'로 치환해 생각해 버리곤 한다. 하지만 정말 그럴까?

월급 많이 주는 직장이 가치 있는 직장인가에 대한 물음도 마찬가지다. 부린이(부동산 어린이)긴 하지만 내가 느끼기에 부동산의 가치는 변하지 않는 것에서부터 매겨진다. 위치, 평형, 세대수 같은 것들. 인테리어 잘 된 집이 가격은 높을 수 있지만 집의 가치는 인테리어에서 나오지 않는다. 가치는 바꿀 수 없는 것들로부터 나온다.

당장의 성과나 결과가 내 가치를 결정짓는 것 같은 기분이 들 때가 있다. 내가 이것밖에 안 되는 사람이 었나 싶은 순간. 나를 지탱하던 자신감이 사실은 아무런 근거 없는 것이었음을 깨달을 때, 믿어오던 것이 착각 내지는 자의식 과잉이었을 뿐이라는 생각이 나를 사로잡을 때. 그럴 때 우리는 자신의 가치를 한껏 낮추어 생각하곤 한다. 가깝던 사람이 더 이상 나를 찾지 않는 것이 나의 성취 부족 때문인 것처럼 느껴지고 타인의 호의가 동정처럼 느껴지기까지 한다. 하지만 정말 그럴까. 설사 그 모든 것이 사실이라고 해도 그것은 나의 '값'에 대한 반응일 뿐이다. 시대에 따라 변화하는 수적 상태. 그게 내 가치의 전부를 의미하는 것은 아니다.

당장의 결과가 나의 가치를 정한다고 생각할 필요는 없다. 결과는 값으로 표현될 뿐, 가치는 내 안에서 나온다. 매일을 대하는 태도, 마음가짐, 표정, 고난을 대하는 자세 같은 것들이 '나'를 만들고 노력하는 과정, 고민하는 시간, 괴로움을 딛고 일어서는 경험이 나의 가치를 높여준다. 일례로 발레리나의 가치는 마른 몸이 아닌 굳은살로 증명된다고 믿는다. 무대에서 보이는 것은 역할의 크고 작음뿐이겠지만 역할의 크기가 발레리나의 가치를 정하는 것은 아니다. 가치는 과거와 미래, 노력과 가능성까지도 포함하니까.

가격과 가치를 분리해 생각하면서부터 나는 꽤 많은 결과들로부터 자유로워졌다. 내 가치를 알아주는 소수의 인정으로 충분히 값진 사람이 된 기분을 느꼈고 값나가는 사람이 아니라고 느껴지는 순간의 초라함도 잘 견디게 되었다. 자신의 가치에 집중하는 것은 시대의 가격에 흔들림 없이 나아갈 수 있는 힘이 되어준다. 자신의 가치를 믿는 사람은 눈에서 반짝 반짝 빛이 난다.

반복되는 삶의 어퍼컷이 스스로를 믿기 어렵게 만들 땐 주변에 기대는 것도 방법이다. 관계는 그 자체로 나의 가치가 되기도 한다. 나를 걱정하는 가족, 응원해주는 친구, 언제나 나를 기다리는 반려견까지도, 내가 '나'인 이상 변함없이 소중한 관계들은 나의 가치를 증명해주니까. 자신의 가치를 알아주는 사람을 만날 때 우리는 가격으로부터 자유로워 질 수 있다. 사랑하는 사람을 떠올리고 그 사람의 가치를 가격으로 매겨보는 상상을 해보자. 곧 그 사람이 값으로 매길 수 없을 만큼 소중하다는 것을 깨닫게 될 것이다. 그러니 잊지 말자, 나의 가치를.

편협함

공부를 하면서 문득 깨달은 건, 법률 외에 삶의 모든 기준들은 자기 자신으로부터 시작한다는 것이다. 그 기준들은 절대불변의 진리가 아니어서 주변사람에게 영향을 받아 생성되기도 하고 타인으로부터 자신을 지키기 위해 세워지기도 한다. 또 삶의 경험이 켜켜이 쌓이면서 조금씩 견고해지고 구체적으로 변하기도 한다. 그렇게 여러 기준들을 만들어 옳고 그름을 평가하는 일은 어쨌거나 사람이 하는 것이란 점에서 언제나 주관적이다. 하지만 우리는 종종 너무 쉽게 각자가 세운 판단 기준이 '정답'

이라고 착각한다. 사람은 쉽게 타성에 젖으니 자신의 판단 기준과 결론이 절대적인 단 하나의 정답이라 믿으며 자기 우물 안에서 살아간다. 하지만 그 기준에 정답이란 없기에 자신이 바르고 타당한 기준을 세워가며 나이 먹고 있다는 생각도 사실 '편협한 착각'에 가깝다. 나이를 먹는 일이 무서운 건 나도 모르는 새 나의 판단이 바르고 타당한 정답이라고 생각하게 되기 때문이다.

특히 어떤 조직에 잘 적응한다는 것은 곧 그 곳의 기준을 잘 습득해 체화한다는 것이기도 하다. 공동체에서 튀는 사람이 되기 싫어서 공동체의 평가 기준을 답습하기도 하고, 나는 다르다 여기며 살아도 어느 날 문득 돌아보면 그 밥에 그 나물처럼 사고하게 되는 것이 현실이다. 자신의 존재를 정당화하기 위해 쉼 없이 자신의 옳고 그름을 고집하기도 하고 자신의 결핍된 부분을 숨기기 위해 고집스러운 기준으로 타인을 깎아 내리기도 한다.

입만 열면 세상 곳곳에 대한 불만을 쏟아 내는 투덜이 스머프 같은 사람이 있었다. (입만 열면 남의 흉을 보는 사람도 있었는데 그 결이랑은 또 다르다.) '이건 이래서 구리고, 저건 저래서 구리고' '그런 사고방식이 말이 되느냐, 말은 그렇지만 속내는 이런 것 아니겠느냐' 하는 식으로 언제나 자신 밖의 사람과 상황에 대해 평가만 늘어놓는 사람이었다.

초반에는 그가 솔직하고 유쾌한 사람이라고 생각했다. 자신이 어떤 것, 누군가에 대해 어떻게 평가하는 지 밝히는 것은 꽤나 용기가 필요한 일이고 그 취향과 기준을 고백하는 것이 자신의 약점이 될 수도 있는데 저렇게 쿨하게 늘어놓다니! 성격이 좋은 사람이라고 생각했다. 하지만 대화의 주된 발언이 자기 자신 밖에서 일어나는 일에 대한 평가이다 보니 들을수록 의아한 지점이 생겼다. 당신에게 평가할 자격이 있는지, 타인이 당신에게 평가 받아야 할 이유가 있는지, 평가할 자유가 있다고 해도 당신의 평가를 궁금해 하는 사람이 있는지 하는 것이었다. 심지어 그의 평가를 들으면 들을수록 그에 대한 인상 또한 '예리하고 유쾌한 사람이다' 라기 보다 '어딘가 모르게 편협하다' '편협함을 자랑하는 태도가 참 멍청하다' 까지 이어졌다. 조금 더 시간이 지난 뒤 몇몇 단정적인 말들에서 그가 타인에 대한 평가를 거침

없이 내뱉을 수 있었던 까닭을 눈치챌 수 있었다. 그 모든 것은 '자신의 말이 정답이라고 여겨서' 가능했던 것이었다. 자기 말이 정답인 사람 곁에 다른 의견들은 오답처리 되기 마련이다. 그리고 자신의 의견이 오답이 되는 대화를 좋아라할 사람은 없다. 그렇게 그는 자기주장이 뚜렷한 사람에서 편협한 사람으로 점차 다르게 기억됐다.

중학생 때 유독 적이 없었던 한 친구가 떠오른다. 말수가 적어서, 자기주장이 강하지 않아서, 호불호가 없어서가 아니라 '편견'이 없어서 두루두루 모두와 잘 지내는 친구였다. 그는 어떤 친구들에게도 늘 같은 태도로 화답했다. 편견, 그러니까 그 편협함은 끊임없이 나를 위해 타인을 배척하는 수단이 된다. 진정한 세월의 지혜는 오히려 '편견 없음'에 가까울 거라 생각한다. 타인을 판단하는 가장 괜찮은 기준은 포용이 아닐까? 타인과 자신에 대해 사람은 언제나 '알 수 없음' 한 줌은 가지고 사니까. 견고한 기준은 편협한 생각의 방증일지도 모른다.

어른과 성인의 차이

일곱 살 무렵 가장 많이 들었던 말은 '애어른'이라는 말이었다. 애어른이라는 말은 어리광 부릴 나이에 의젓하다는 뜻이었다. 태생이 성숙한 아이였는지는 모르겠다. 다만 엄마아빠가 일하는 동안 이 집 저 집에 맡겨지다 보니 눈칫밥 먹을 일이 잦았고 퇴근한 엄마나 아빠가 날 데리러 오길 은연중 불안해하며 기다리다 보니 자연스레 제법 어른인척 하는 꼬마가 된 것이었다. 어쨌거나 당시엔 애어른이라는 말이 큰 칭찬으로 느껴졌다. 아이에게 어른은 포켓몬으로 치면 진화 끝판왕이 된 완전한 존재였으니까. 하지만 지금 보니 애어른이라는 말은 어딘가 무척 속상하고 안쓰럽다. 왜 아이가 어른이 되어야 하는 걸까?

열다섯 사춘기에 돌입했을 무렵에는 이별 노래를 들으며 양쪽 눈 가득 즙을 짜냈다. 미키마우스 mp3의 귀를 돌려가며(미키마우스 귀가 클릭 버튼이었다) 단단히 꽂힌 슬픈 노래를 다시 듣고 또 들으며 호르몬에 지배된 감정을 매만졌다.

열여덟 살 무렵에는 여느 소녀들과 다름없이 아이돌 오빠들을 몹시 좋아했다. 보이그룹에 푹 빠져 좋아하는 멤버의 얼굴이 그려진 부채나 클리어파일 같은 걸 샀다. 흥미로웠던 건 그런 구매 행위를 엄마가 장려했다는 것이다. 내가 부탁하지 않았는데도 길가다가 아이돌 굿즈를 보면 사왔다. 내가 좋아하는 멤버의 활동명을 몰라서 (집에서 그 멤버의 실명을 말하며 좋다고 외쳐댔다) 굿즈 앞에 서성이는 다른 학생들에게 '○○○이 어떻게 생긴 사람이냐' 물어가며 티셔츠나 브로마이드를 사다주셨다. 친구들은 "우리 엄마는 못 사게 하는데 넌 무슨 복이냐" 부러워했다. 가끔은 나조차도 그런 굿즈를 사는 것이 돈 낭비가 아닌가 싶어 왜 자꾸 사다주는 건지 물었더니 "네 나이에 아이돌 좋아하는 건 당연한 거고 건강한 거니까"라고 하는 것이었다. 본인은 친구들이 서태지 좋아할 때 한 번도 같이 좋아해 본 적이 없었는데 그게 아쉬웠다나. 그때 아니면 언제 연예인 좋아해보겠냐며 실컷 좋아하라고 했다.

엄마에게 애 키울 때 제일 중요한 게 뭐냐 물으면 언제나 애가 자기 나이에 맞게 크는 것이라고 했다. 모르긴 몰라도 일곱 살은 어리광을 부려야 하는 나이였고 청소년기는 풍성한 감정의 폭풍을 견디며 부모로부터 서서히 정서적으로 거리두기를 시작할 나이였다. 사랑에 눈도 뜨고 말이다. 그리고 20대는 발달과정상 '어른'이 되어야할 시기다.

20대는 '어른'이 라는 보이지 않는 완성을 향해 본격적으로 전진하는 시기다. 학교에서 짜주는 시간표나 교칙 없이, 드디어 브레이크 없이 사회에 내던져진 20대를 나는 어른 지망생들이라고 부르고 싶다. 희귀 케이스를 제외하고 보통의 20대 초반은 대개 엉망이다. 처음 마주한 자유로운 인간관계에서 의도치 않게 무례하고 생각지 못한 지점에서 선을 넘어버리며 창의적인 방식으로 이기적이고 스스로가 특별하다는 황홀한 환상에 사로잡힌다. 이로써 온갖 다양한 방법으로 흑역사를 쓰고 평생 이불 킥 할 만한 멋진 각성의 추억을 만든다.

　　　꽤 오랫동안 20대가 발달 과정상 이룩해야 하는 성장의 기준치를 고민해보곤 했다. 인간에게는 '나이에 맞는 발달 양상'이라는 것이 있다. 생후 11개월에는 발에 힘을 주고 걷고 몇 개월 뒤엔 말이 트이고 36개월 정도 되면 자발성을 기르고. 하지만 20대는 미스터리다. 엄마가 말하는 '나이에 맞게 크는 것'은 무엇인지 20대 이후부터는 잘 모르겠다. 사회에서 이 나이쯤 으레 해야 한다고 규정짓는 것들과 별개로 분명 사람의 마음에도 몸의 발달만큼이나 성숙이 이뤄질텐데 20대의 성숙은 난해하고 어렵다. '땡!' 하고 스무 살이 되던 2016년의 1월을 떠올려보면 그때의 나는 분명 어른은 아니었다. 성인은 되었지만 어른은 아닌 상태로 오래도록 살고 싶다는 야심을 품기도 했고 '죽는 날까지 철없이 살아야지' 다짐하기도 했다. 그러니까 '어른'은 성인이 되는 것과는 또 다른 것이었다. 몸은 다 컸는데 어른은 어떻게 되는 건지 알 길이 없었다. 어른이란 뭘까, 고민이 될 땐 주변 성인들을 관찰하기도 했다. 유심히 보다가 '저 어른은 스스로를 어른이라고 생각할까?' 남몰래 궁금해 하는 식이었다. 더불어 '나는 어른인가?' 하는 질문도 끝없이 물었다.

'그러니까 내 나이가 이제 20대고, 취업을 했으니까 나는 그럼 이제 어른인가?'

어른이 된다는 건 뭘까? 요즘은 부쩍 어른이란 '이해' + '력(力)'이 길러진 성인이란 생각이 든다. 어른이 되는 데는 타인의 삶을 깊이 이해해보는 경험이 필수적으로 필요하니까 말이다. 이해는 곧 사랑이라는 뻔한 말을 어린 시절부터 동경해왔다. 아메리카 원주민 체로키족의 말 'I kin ye'는 '널 사랑해'인 동시에 '널 이해해'라는 뜻이라는 구절을 본 적이 있다. 사랑이 곧 이해요, 이해가 곧 사랑이라는 것이다. 그 말은 살수록 이해가 되었다. 일례로 n번 하는 연애보다 n년 하는 연애가 사람을 더 성숙하게 하지 않는가. 한 사람을 깊이 만나보면 다른 사람도 더 잘 이해하게 되니까. 나 아닌 다른 인간을 사랑한다는 것은 이해의 능력이 더 커졌다는 뜻이다. 그래서 타인을 사랑할 수 있다는 것은 결국 자기 자신도 더 잘 이해하게 되었다는 뜻이기도 하다. 이처럼 우리는 사랑으로 이해를 배우고 이해로 더 사랑하게 된다. 이해와 사랑이 우리를 성숙하게 하는 것이라 믿는다. 그리고 성숙한 이해력이란 타인에 대한 이해뿐 아니라 자기 자신에 대한 깊은 이해도 수반한다는 점이 근래 깨달은 어른의 핵심이다. 내 곁의 타인을 깊이 이해하고 나면 사회 속의 객관적인 내 모습도 조금씩 알아가게 된다. 스펙 나열로 수치화해본 내가 아니라 숱한 관계 속 상대적인 나를 비교해가며 이렇고 저런 나 자신을 조우하게 되는 것이다. 비련의 주인공이 아닌 타인의 삶의 조연인 나 자신을 발견하기도 하고 조연이라고 여겨왔던 나 자신이 사실은 주인공임을 깨닫기도 하며 '나'라는 것이 고정된 것이 아닌 유연한 것임을 깨닫는 것이 성인이 되는 일 같다. 스스로 얼마나 평범하고, 또 동시에 특별한지 아는 것이 어른이 아닐까.

CHAPTER 4

완벽하진 않아도
충분한 우리

처음 보는 남자

입사 3년 차의 나는 연애는 필수, 결혼은 선택이라고 생각하는 평범한 스물다섯이었다. 친한 고등학교 선배 언니가 남소(남자 소개)를 해주겠다며 카톡으로 남자 사진을 보내왔다. 무려 두 명.

'언니! 나 다 해줘.'

사귀는 것도 아닌데 뭐 어때. 두 명 다 만나볼 참이었다. 하지만 언니가 알아서 둘 중 한 사람을 골라줬다.

'아니야, 이 사람 만나고 와봐.'

언니의 안목을 전적으로 믿어서 둘 중 왜 이 사

람이냐 묻지도 않았다. 그래서 만나게 됐다, 지금의 남편. 언니도 직접 아는 사람은 아니라며 나이랑 키, 직업, 사진만 두어 장 보내줬다. 그게 상대에 대해 내가 아는 전부였다. 그렇게 겁도 없이 룰루랄라 소개팅 자리에 나섰다. 언제부턴가 방송하는 얼굴로 소개팅 자리에 나서는 것은 내게 예의인 일이 되었기에 소개팅은 일의 연장선상처럼 꼭 주중에 잡는 나였다. 퇴근하고 화장 지우기 전에 처음 보는 남자와 밥 한 끼 먹고 집에 오는 일정. 그게 내겐 소개팅이었다.

그날은 〈생방송 투데이〉라는 생방송을 끝내자마자 보기로 했다. 약속 장소에 늦을까봐 넉넉히 저녁 8시 반에 만나자고 했는데, 차가 막히지 않아 약속 시간보다 10분 먼저 도착했다. 괜히 일찍 도착했다고 연락하면 상대방이 서둘러 오는 부담을 느낄 것 같아 도착했다는 연락은 하지 않은 참이었다. 대신 입구가 잘 보이는 구석에 자리를 잡고 그 남자가 언제 들어오려나 뚫어져라 입구만 쳐다보고 있었다. 하지만 약속시간이 다가와도 좀처럼 연희동의 파스타 집에는 새로운 손님이 들어오지 않았다. 늦나 싶어 '저는 도착했어요~'라고 연락을 했더니 상대가 '저도 와있어요'라고 하는 것이었다. 알고 보니 식당 반대편 기둥 뒤 바깥 의자에 앉아 뒤통수만 보이는 남자가 내가 오늘 보기로 약속한 남자였다.

"언제부터 와 계셨어요? 저도 빨리 왔는데?"

그는 30분이나 먼저 와서 기다렸다고 했다. 나랑 똑같은 마음으로, 괜히 일찍 왔다고 하면 서둘러 올까봐 연락 안했다고 했다. 둘이 생각하는 게 꽤 비슷한 게 신기했다. 하지만 그의 뒤통수를 지나서 정면에 마주보고 앉았을 때는 속으로 뜨악했다. 너무 하얗고 마른 남자가 앉아있어서 놀란 참이었다. 내 이상형은 곰돌이 푸처럼 묵직하고 두툼한 남자인데 이렇게 마른 남자는 태어나서 처음 봐서, 처음 보는 남자라 당황했다. 상대방 키를 물어볼 시간에 몸무게를 물어보고 나왔어야 하는 건가? 하얗고 마른 남자는 내 취향이 아닌데 어떡하지?

외모만 보고 퍽 실망한 나는 묻는 말에만 대답하는 수동적인 대화를 시전했다. 신랑은 오늘날도 종종 그날의 나를 따라하곤 한다. 처음 만나던 날 나의 영혼 없는 눈동자를 신랑이 따라할 땐 민망하고 미안하다. 대화 중간 중간 내가 나도 모르게 신랑 어깨 너머로 뒷벽만

멍하니 본 모양이다. 본인이 질문을 하나 겨우 만들어서 하면 그제서야 내가 "네?" 하며 고개 돌려 자기를 쳐다봤다는 것이다. 돌이켜 보면 신랑한테 내가 차이고 와도 이상하지 않은 태도였다. 근데 내가 걸어 들어오는데 신랑 귀에 종이 울렸다나? 그래서 이렇게 됐다. 큐피트의 열일에 감사할 뿐이다. 대화 내내 나는 그날이 우리의 마지막 만남이 되리라 생각하면서 애둘러 여러 번 그를 거절했다. 예를 들어 어떤 남자가 좋냐고 물으면 몸 좋은 남자가 좋다고 대답하는 식이었다. '본인이 아니라는 건 알겠지?' 싶어 돌려 돌려 잘 거절하고 있다고 생각했다. 그런데 신랑은 기가 죽긴커녕 불굴의 의지로 어떤 남자가 좋냐는 질문만 수십 번 반복했다. 나중에 들은 바로는 내가 몸 좋은 남자가 좋다고 대답했을 때 자기는 가슴팍에 힘을 주고 어깨를 폈다고 한다. 그의 높은 자존감은 나의 거절을 무용하게 했다.

그가 대화 내내 반복했던 질문들은 지금도 오래 기억에 남는다. 이상형을 묻는 이 반복되는 질문이 묘하게 고백처럼 들리기도 했기 때문이다. 사랑의 궁금증은 상대가 무엇을 좋아하는지 알고자 하는 마음이라는 단순한 정의를 하나 알게 된 순간이었다. 긴 말하지 않아도 상대방이 뭘 좋아하는지 끝없이 알고 싶어 한다는 것만으로도 그가 나를 좋아한다는 건 쉽게 알 수 있었다. 당시 그가 내게 던진 반복된 질문들이 부담스럽다기보다 새롭게 느껴졌던 건 그 질문의 배경이 단순한 호기심이 아니라 사랑이었기 때문이 아닐까 싶다. 아 물론, 처음 보는 마당에 사랑은 좀 거창하긴 하지만. 경험상 때로 사랑은 그렇게 쉽게 아무렇지 않게 마법처럼 작동하기도 하는 모양이었다.

하지만 한 질문만 계속하는 신랑과 달리 나는 정작 상대방에게 물을 말이 없었다. 특별히 잘 해봐야겠다는 생각이 들지 않아서였다. 그래서 하나 창의적인 질문을 던져봤다. 할 줄 아는 악기가 있냐고 물은 것이다. '어릴 때 두드려보던 바이엘 수준의 피아노나 방과 후 교실에서 해본 악기 같은 걸 말하겠지? 혹시 느끼하게 클래식 음악을 아는 척 하지 않을까?' 예상했다. 그런데 웬걸. 신랑은 표정 하나 변하지 않고 캐스터네츠를 할 줄 안다고 했다. 푸핫. 리코더도 아니고 캐스터네츠는 정말 창의적인 대답이었다.

대화를 하면 할수록 묘하게 싫지 않았다. '체격 빼고는 다 괜찮은 걸?' 하는 생각이 점점 커져 나는 호기롭게 술을 마시고 싶노라 했다. 금요일 저녁 처음 보는 남녀가 퇴근 후 한 주를 마무리하며 알코올을 들이키는 건 없던 감정도 생기게 하는 낭만적인 일이 아닌가. 그렇게 우리는 근처 칵테일 바로 자리를 옮겼다.

처음 만난 도시의 남녀가 금요일 밤 칵테일 바에 들어왔다. 지하에 위치한 칵테일 바에는 잔잔한 음악이 흐르고 공간의 조도는 낮다. 노란 불빛 아래 남녀는 어색하게 서로에게 메뉴판을 보여주며 신중히 메뉴를 탐색한다. 여자가 먼저 달달하고 도수 높은 칵테일을 한 잔 고른다. 남자는 너무 도수 높은 술을 고르는 게 아니냐며 여자를 걱정한다. 사실 술을 좋아하는 여자는 차마 "저 술 잘 마셔요"라고는 하지 못하고 이 칵테일을 좋아한다며 내숭을 떤다. 이어 남자도 메뉴를 골랐다. 헐. 남자의 선택은 마운틴듀였다. 사실 본인은 술을 못한다고….

뭐지. 나 이 남자한테 차인 건가. 마운틴듀의 충

격으로 칵테일 바에서 나는 말수가 더 줄었다. 홀로 술한 잔을 빠르게 비우고 재빠르게 내 카드로 술과 마운틴듀를 결제했다. 그리곤 바에서 나오자마자 나를 향해 달려오는 택시를 잡아 도망치듯 소개팅 자리를 나왔다. 놀랍게도 그게 남편과의 첫 만남이었다.

삼프터는 국룰

여기까지 들으면 다들 어떻게 결혼을 한 건지 묻는다. 소개팅 후에 신랑은 주선자인 본인의 친구에게 연락해 파이팅 하겠다며 결의를 다졌다고 한다. 반면 나는 잘 안 될 것 같다는 후기를 남겼다. 실망한 내 모습에 주선자 언니는 당황한 모양이었다.

'어머…. 많이 말랐어?'

'저체중이라 공익했다드라구.'

'○○대학교 아이돌이랬는데? 안 잘생겼어?'

'종아리가 나보다 얇아.'

'대화는 어땠어? 잘 통했어?'

'그냥 교양 방송이었는데.'

'너, 그래도 삼프터가 국룰인 거 알지? 한 번만 더 만나봐.'

신랑하고 결혼하게 된 건 어쩌면 삼프터가 국룰인 나라에서 만났기 때문일지도 모른다. 소개팅 후 한 번 더 만나는 걸 에프터(after)라고 하는데 '삼프터는 국룰'이란 세 번의 에프터는 국민들 사이 통용되는 정해진 규칙이라는 뜻이다.

'그래, 세 번은 만나보자.'

신랑은 로봇처럼 매일 같은 시간 연락을 해왔다. 심지어 보내는 메시지 내용도 똑같았다. 저녁 7시만 되면 '퇴근 하셨어요?' 라고 연락해온 것이었다. 나는 '네~^^' 정도로 화답했다. 전형적인, 다가오는 남자와 잘 해볼 생각은 없지만 다가오는 건 막지 않는 여자의 대화였다. 그가 매일 저녁 7시에 알람처럼 내게 문자를 보내왔던 건 사실 매일 저녁 카톡으로 대화를 나눈 뒤, 돌연 다음 날이 되면 아무 일 없었던 양 선톡(先talk)을 보내지 않았던 나 때문이기도 했다. 쓰고 보니 나는 꽤 나쁜 여자였다.

　　다음 약속 날짜를 잡던 주말 오전에는 오늘 아니면 2주 뒤에 된다는 식으로 무척 비싸게 굴었는데 신랑은 오늘 보자며 곧장 앞뒤 재지 않고 달려왔더랬다. 고맙게도 그는 성실하게 다가왔다. 조급해하지 않고 매일 평범하고 시덥지 않은 얘기를 하면서. 그렇게 세 번만 만나자 했던 것이 다섯 번이 되었다. '사귀지 않을 거면 에프터는 그만하자' 같은 자존심 세우기 한 번 없이 그냥 부담 없이 밥 먹고 대화하다 헤어지기를 반복했다. 그리고 다섯 번째 되던 날 헤어지기 직전 대뜸 난 홀로 다짐을 했다. 이 사람을 제대로 만나보자. 그러곤 그에게 내 손바닥을 내밀었다. 거두절미하고 이제 손을 잡자는 뜻이었다. 신랑은 내가 뭘 내놓으라는 줄 알았는지 당황하며 본인 주머니를 뒤적거렸다.

　　"손 잡자는 거였는데요."

　　무심하게 그렇게 내가 먼저 사귀자고 했다. 신랑은 토끼 눈이 되더니 내 손을 덥썩 잡았다. 그러곤 냅다 잡은 손을 앞뒤로 흔들며 엉덩이를 좌로 우로 흔드는 것이었다. 신이 나서. 생각지 못한 리액션에 나도 모르게 깔깔 웃었던 기억이 난다. 그 순간이 아마 내가 그에게 반했던 순간이었을 것이다. 나이 서른 넘은 남자가 여자랑 손잡았다고 엉덩이춤을 출 확률이 얼마나 될까? 그 순수함과 솔직함이 좋아서, 그리고 그 마음이 무척이나 희소하다는 걸 알아서 만나게 됐다. 고작 다섯 번 보고 내린 선택이었지만 그 뒤로 한 지붕 아래 살게 된 지금의 남편을 보면 그날 손잡자고 하길 잘했다는 생각이 든다. 물론 이렇게 얘기하면 신랑은 코웃음을 친다. 우리가 만난 건 다 자기 노력 덕분이라나. 신랑의 노력도 있었겠지만 부부까지 된 걸 보면 신의 계획이 있었던 거라 생각한다. 세 번만 더 보려고 했는데 평생 보게 됐다.

진짜로 가지고 싶은 걸 가지면 그만

엄마는 하나뿐인 딸에게 여자 혼자 멋지게 사는 것도 나쁘지 않다며 능력 갖춰 혼자 살라는 말을 자주했다. 늘 원하는 것을 위해 주체적으로 노력하는 삶이 얼마나 빛나는지 알려주고 싶어 하는 사람이었다. 그런데 내 퇴사 앞에서는 갑자기 결혼을 운운했다.

"엄마는 네가 일도 계속하고 남자친구랑 한 5, 6년 연애하고 결혼했으면 좋겠어."

위기의 순간에 튀어나온 이 말이 엄마의 진심이었을까? 지극히 현실적인 말이었을 뿐인데 아나운서 하다가 시집이나 가라는 말로 들렸다. 살면서 한 번도 부모님께 결혼하라는 말을 들어본 적도 없고 결혼을 생각해 본 적도 없었는데 갑자기 튀어나온 암묵적인 삶의 다음 순서에 화가 났다. 하지만 엄마가 왜 그런 말을 했는지 이해할 수 있었다. 엄마는 겁에 질린 것 같았다. 내가 화가 난 이유도 알 수 있었다. 나는 생각지 못한 다음 미션이 나타나서 화가 난 것이었다. 말문이 턱 막히다 못해 웃음이 터져 나왔다.

"엄마, 삶이 그렇게 계획대로 될 리가 있겠어?"

엄마는 삶을 겸손하게 대하라는 뜻으로, 가진 것들을 지키라고 한 말이었지만 나는 저런 생각이 삶을 더 얕잡아보는 태도라고 생각했다. 고작 24시간인 하루도 내 계획대로 되지 않는데 직장이 정규직이라는 이유 하나만으로 내 인생이 계획대로 될 거라고 믿는 건 너무 안일한 생각 같았다. 적어도 내가 아는 인생은 계획대로 되기는커녕, 계획대로 된다면 오히려 인생이라 부를 수 없는 것이었다. 만만하지 않은 삶을 원하는 대로 살기 위해서는 나부터가 만만치 않게 삶에서 바라는 것을 분명히 할 필요가 있어보였다. '결혼'의 조건도 현재 내가 직업을 가지고 있는지, 그와 연애를 n년 했는지가 아니라 그것이 내가 원하는 것인지가 더 중요했다. 나의 퇴사를 반대하는 이유가 고작 내가 아직 결혼도 안했기 때문이라니. 씩씩 거리며 집 밖을 나와 차 안에서 질질 짜며 자우림의 〈매직카펫 라이드〉를 들었다. 그 노래의 가사가 듣고 싶었기 때문이다. 신나는 음악을 들으니 마음이 한결 나아졌다. 특히 노래 중간에 나오는 "용!감!하게, 씩씩하게!" 구절에서는 슬쩍 헤드뱅잉도 했다.

누구나 인생의 청사진을 그리며 산다. 부모도 사회도 개인에게 은연중 모범답안 비슷한 걸 그려준다. 그럴듯한 계획과 무결해 보이는 미래. 슬프지만 그런 것은 없다. 전부 우리의 '바람'일 뿐이다. 엄마가 내게 바랬던 결혼에 대한 청사진은 엄마의 바람일 뿐 현실이 되리라 보장할 수 없는 것이었다. 삶이 얼마나 만만치 않은데. 영원히 살 것처럼 안일하게 굴다가는 타이밍을 놓친다. 자우림의 노래 가사처럼 인생은 한 번 뿐이고 진짜로 가지고 싶은 걸 가지면 그만이다. 기회는 한 번 뿐이니 진짜로 원하는 것을 또렷이 해야 한다.

누군가의 그림자처럼

중2병이 한창일 때 나의 뇌 전반을 차지했던 로망은 다름 아닌 사랑과 결혼이었다. 당시에는 드라마나 영화로만 사랑을 배워서 목숨 걸고 사랑하는 것이 곧 결혼인줄만 알았다. 대학생이 되어서는 사랑이란 호르몬이 날 뛰는 지랄병에 가깝고 세상의 절반이 남자인 마당에 한 사람과 영원을 약속하는 일은 도박에 가까운 선택이라는 생각이 날 지배했다. 회사를 다니면서는 '결혼하지 말라'는 인생 선배의 조언을 자주 들었는데 어딘가 진지한 조언이라기보다 진담 반 농담 반인 면이 있어 아리송했다. 또

한편 연애 경험이 쌓일수록 내 맘속엔 사랑 같은 건 없다는 깊은 회의감도 자리하기 시작했다. 연인끼리 주고받는 사랑한다는 말은 서로가 무슨 말을 하고 있는 줄도 모르면서 뱉고 보는 기만행위 같았다. 서로 속이고 또 속이다 결국엔 니 사랑이 진짜니 가짜니, 진품 명품쇼를 하다가 서로 무일푼으로 헤어지는 것이 사랑 같았다. 결혼도 마찬가지였다. 사랑이라는 건 애초 없는 것인데, 결혼을 어떻게 하냐고. 사랑 없이 결혼을 할 순 없잖아!

그러던 중 퇴사를 준비하던 추운 봄, 엄마가 수술을 했다. 건강검진 중 뇌혈관에 혹을 발견했기 때문이다. 이미 얇아질 대로 얇아진 혈관이 언제 터져도 이상할 것이 없다며 바로 수술 날짜를 잡자고 했다. 뇌출혈로 쓰러지기 전에 발견한 것이 얼마나 다행인지. "건강검진 결과 들으러 간다" 하며 가볍게 떠나던 엄마는 그날 바로 입원을 했고 코로나로 보호자 1인만 동반이 가능했기에 아빠만이 엄마 곁을 지켰다.

아빠가 아니었어도 내가 엄마 곁을 지켰을 거야, 같은 말은 할 수 없었다. 나는 일이 바빴고 입원한 엄마를 살필 일정이 나질 않았다. 그때 처음 사람이 왜 성인이 되어 부부가 되는지 알았다. 그러니까 나도 모르는 새 엄마는 중년 여성이 되어 있었다. 장성한 자식은 한참 일할 때라 바쁘고 나의 부모는 먼저 먼 길을 떠나 있는 그런 나이.

수술 후 엄마가 중환자실에 있는 사이 부리나케 엄마를 보기 위해 나도 코로나 검사를 했다. 주말에서야 아빠와 잠시 면회 교대를 하며 병원 주변을 어슬렁거렸다. 특별히 해줄 수 있는 게 없는데도 발걸음이 쉬이 떨어지지 않았다. 집에 가도 걱정 돼서 마음이 계속 병원에 있을게 뻔했다. 당시에 만난 지 얼마 되지 않았던 신랑은 쭈뼛쭈뼛 나를 따라 병원 주변을 서성였다. 비타민 음료 같은 걸 사고 우리 아빠랑 어색한 첫 인사를 하고 엄마가 퇴원하는 날엔 꽃다발을 사오며 엄마를 기다리는 내 옆에서 그림자처럼 그냥 그렇게 있어줬다. 고마웠다. 가족이 한 명 더 있다는 것은 이런 기분일까 상상하게 되는 순간이었다.

내가 엄마처럼 어느 날, 지구에 더 이상 나의 엄마 아빠도 없고 자식도 바쁜 그런 날에 아프면 내 곁에는 누가 있을까. 그게 결혼에 대해 다시 생각해보게 하

는 첫 물음이었다. 사랑과 결혼. 그게 지랄병이든 도박
이든 그짓부렁이든, 아플 때 옆에 있어주기로 약속하는
거라면 할 만하지 않을까 싶었다.

결혼의 이유

"결혼을 왜 그렇게 빨리해요?"

스물여섯과 서른하나가 결혼하는 게 그렇게 놀라운 일인가?

"아, 그건 제가 회사 생활을 3년 해보다 보니 결혼에 대해 일찍부터 고민할 시간이 많아서…."

"저희 엄마도 제 나이에 하셨는데요, 뭐."

고학력 고소득 여성은 결혼을 늦게 하는 추세라는 글을 봤다며 날 신기하게 봤다. 뭐, 나의 결혼은 그 추세에 대한 반증이거나 나 자체가 비(非)고학력 비(非)

고소득 여성이거나 한 것일 뿐이었다. 하여튼 이유는 잘 모르겠지만 나의 결혼에 대해 많은 의문의 눈초리를 받았다. 모든 색안경과 추측들을 뒤로하고 하루는 나조차도 내 선택이 흥미로워서 거실에 앉아 남편을 한참 구경했다. 남편 얼굴을 찬찬히 뜯어보면서 나 자신에게 물었다. '내가 사랑에 미친 건가? 아니면 완전히 준비된 계획범죄인가?' 사랑에 미쳤다고 하기에 나는 어딘가 제정신인 구석이 있었고 (돈 계산 같은 것), 계획된 것이라 하기엔 우리 앞이 탄탄대로, 보장된 무한 꽃길도 아니었기에 계획할 만한 현실적 가치도 크지 않아보였다. 추리가 미궁에 빠질 때면 전 지구인이 결혼은 미친 짓이라고 읊어대는데 굳이 내 결혼은 미친 짓이 아니라고 소명할 이유가 있나 귀찮기까지 했다. 그래도 궁금했다. 왜 내가? 저 사람과 평생을?

　　가장 적나라하고 자명한 이유는 사실 나의 결핍에 있을 것이다. 힘든 일이 생기면 부모님한테 달려가 읊어대는 스타일도 아닌 데다 형제도 없으니. 남편도 가만 보면 말짱해 보이지만 결핍된 부분이 군데군데 많다. 마치 나처럼. 구멍 난 부분이 달라서 우리 두 사람을 포개면 왠지 구멍이 전부 가려질 것 같아서 우리는 결혼한 게 아닐까 싶다.

완벽한 사람이라는 건 없어서 완벽한 결혼이라는 것도 없다. 하지만 '충분한' 관계는 있다고 생각한다. 오늘날엔 유튜브를 통해 온갖 인생 조언을 어렵지 않게 접할 수 있다. 세상에 내로라하는 현명한 분들의 말씀을 검색과 클릭 몇 번으로 들을 수 있는 것이다. 결혼 전 결혼에 대한 인사이트를 구하러 유튜브를 쉴 새 없이 뒤졌다. 나보다 똑똑한 사람들은 오늘날 결혼에 대해 어떻게 생각하는지 '결혼을 잘한다'는 건 뭐라고 생각하는지 저마다의 식견을 듣고 참고해볼 생각이었다. 그중 결혼에 대해 나를 흠칫하게 한 조언이 있다. 그건 다름 아닌 상대에게 받을 것을 헤아리지 말고 무엇을 줄 수 있는지 고민해보라는 조언이었다.

'헉, 나는 신랑한테 뭘 주고 있지?'

순간 멍해서 찬찬히 생각해봤지만 아무래도 특별히 없었다. 이런. 성공적인 결혼의 첫걸음이 상대방에게 줄 것을 아는 것이라는데 난 줄 게 없네. 곧장 신랑한테 달려가 큰일 났다고 호들갑을 떨었다.

"오빠, 결혼 전에 상대방한테 줄 수 있는 걸 고민해보라는데 나는 오빠한테 줄 만한 게 없네?"

신랑이 휘둥그레진 눈으로 빤히 나를 봤다.

"무슨 소리야? 나는 받고 있는 게 많은데?"

나도 눈이 휘둥그레졌다.

"그래? 뭘 줬지, 내가?"

내가 뭘 주고 있는 진 모르겠지만 다행이었다. 나라는 하나의 존재는 많은 결점이 있다. 그런데 어떤 관계에서 나라는 존재는 충분해진다. 혼자 있을 땐 가진 게 없어보였는데 둘이 있을 땐 나도 모르게 줄 수 있는 것들이 많았음을 깨닫는다. 혼자 웃을 땐 의미 없던 것이 상대방을 보고 웃어줄 땐 사랑이 된다. 관계를 통해서 엉겁결에 나는 가진 것도 많고 사랑도 할 줄 아는 사람이 되는 것이다. 완벽해서가 아니라 서로가 서로의 존재를 충분하게 만들어주는 사이랄까. 내게도 신랑은 부족함이 없고 나는 그에게 받은 것이 많다. 그래서 우리는 완벽하진 않지만 충분하다.

사는 게 별게 없어

퇴사 후 나는 회의주의에 도취된 면이 있었다. 틈만 나면 한숨을 쉬며 "에휴. 다 부질없다" 읊조렸다. 아나운서라는 내 일생 가장 커보였던 꿈을 지나쳐 와 그런 걸까. 아흔 살 먹은 할머니처럼 "아이고, 건강하면 그만이다. 대충해. 인생이 별거 없다"라는 식으로 "이제 그만 죽어야지"만큼 마음에도 없는 소리를 매일 궁시렁댔다. 그러던 중 하루는 대뜸 남편에게 사는 게 진짜 별거 없지 않느냐 물었다.

"아닌데? 나는 수민이가 있는데?"

신랑은 이상한 논리에 말리지 않겠다는 듯이 아니라며 버팅겼다. 버티는 논거는 '나'였다. 그래? 내가 별거구나. 심술쟁이처럼 삐죽 내려갔던 입꼬리가 은근히 위로 솟았다.

가끔 사는 게 너무 벅찬 나머지 하찮아 보일 때가 있다. '하, 씨. 또 살아야 돼' 싶은 순간. 삶의 소중함 앞에서 건방 떨게 되는 순간. 세상에 압도당해서 괜히 쎈 척하고 싶은 순간 말이다. 그럴 땐 앞뒤 없이 시건방진 말을 마구 뱉고 싶은 충동에 휩싸인다. '사는 게 뭐가 그렇게 대단한데요?' '왜 열심히 해야 되는 건데요?' '인생은 사실 별 것도 없으면서 왜 대단한 척 하는 거예요?' 바락바락 대들고 싶어진달까. 사실 그런 말은 정말 건방져서 하는 말이 아니라 불안할 때 다리를 떨듯 삶에 너무 지쳐서 하게 되는 넋두리 같은 것이다.

사는 게 별거 없다고 입방정을 떨었더니 하나님은 내게 아이를 주셨다. 뒤늦게 '제가 했던 말 다 취소할게요, 제 인생은 이미 충분히 벅찹니다!' 고백했지만 37주 동안 아이는 조금의 흔들림도 없이 세상에 나올 준비를 했다. 내 건방짐을 익히 들었다는 듯 '니가 내 엄마냐, 그렇다면 이제 세상에 내 자리를 만들라' 했다. 어쩔수 없었다. 운명에 순종하는 수밖에는. 어느 예비 맘처럼 아기 침대를 검색하고 가격을 비교하고 세상에 나올 새로운 사람의 자리를 준비했다.

나는 이 글에서도 다시 한 번 '어느 날 애가 생겼고 이왕 이렇게 된 거 키워볼 생각이다' 라며 삶에게 센 척을 하고 있다. 하지만 사실 나와 남편은 얼리 임테기로 두 줄을 보자마자 곧장 태명을 정했다. 뭣도 모르고 초음파로 애기 집이 보이기도 전에 이름부터 지었는데 알고 보니 대부분은 태아의 첫 심장소리를 듣고 나서, 6주차는 되어서야, 기초 세포분열 완료라는 판단하에 이름을 짓는다고 했다. 그러니까 수정체 단계에서 이미 자발적으로 부모가 되겠습니다, 받아들인 나는 사실 말로는 엄마가 될 생각이 없다면서 은근히 내 삶에 '별것'이 생기기를 기다려 왔는지도 모르겠다. 기다렸다는 듯 두 줄만 보고 곧바로 이름을 지었으니 말이다.

그렇게 지은 태명은 '이유'다. 나한테 온 이유를 알아보자는 다짐과 이제는 내가 왜 사는지, 그 이유를 더 궁금해하지 않아도 된다는 것이 신기해 지었다. 더 이상 삶에 '왜'를 묻지 않아도 된다는 것이 이유가 내 삶에 나타난 뒤 겪은 가장 큰 태도의 변화였다. 평생에 걸쳐 나를 센치하고 센 척하게 만들었던 왜 살아야 하는지와 같은 물음은 사치가 됐다. 이유가 있으니까. 이제 정말이지 사는 것은 별것이고 산다는 건 막중하고 대단한 일이 되었다. 이후 사는 게 별게 없다는 넋두리는 최신 버전으로 업데이트 되었다. '사는 것에는 다 이유가 있다'라는 말로.

엄마

임신 후 주기적으로 산부인과에 갈 때마다 나를 당혹스럽게 한 것은 굴욕의자도 아니오, 말도 안 되게 늘어난 몸무게도 아니오, 미션처럼 끝없이 펼쳐진 각종 검사도 아니었다. 가장 기분이 이상했던 건 담당의 선생님이 나를 '엄마'라고 부를 때였다. 산모라는 호칭 대신 모든 환자(?)를 친근하게 '엄마'라고 부르셨는데 이 지구에 나를 엄마라고 부르는 사람이 있다는 사실이 좀처럼 적응이 되지 않았다.

"엄마, 이번 주 불편한 데는 없었어요?"

"엄마, 식사는 잘 해요?"

"엄마, 아이는 주수에 맞춰서 잘 크고 있어요."

네네, 대답하고서야 '맞아, 나 이제 엄마지' 하고 자각하는 수준이었다. 내가 엄마가 된다는 것. 임신 30주차가 되어서야 그 사실이 실감이 났다. 그 전까지는 내가 두 사람 몫을 먹어야 한다느니, 홀몸이 아니라느니 하는 말들이 와 닿지 않았다. 아무리 초음파로 꼬물거리는 (외계 생명체 같은) 게 내 뱃속에 있음을 확인해도, 심장소리를 매주 들어도 새 생명이 나와 매일 24시간 함께하고 있다는 것이 믿기지 않았다. 임신 초기 매일 가던 독서실 앞에 담배 냄새가 심해서 독서실 짐을 뺐다는 것과 날 음식은 안 먹고 커피는 디카페인으로 먹는다는 것 외에 특별할 게 없었다.

이유는 알 수 없지만 난 내 임신이 썩 자랑스럽지 않았고 변화가 즐겁다기보다 우려되고 민망했다. 주변에선 분명히 축하받을 일이라고 했지만 내겐 갑자기 인생의 장르가 바뀌는 기분이랄까. 멜로드라마가 급 호러가 되는 듯한 당혹감. 신혼의 낭만은커녕 호랑이 굴에 들어온 사람마냥 '정신 똑바로 차리자' 자기 암시할 뿐이었다. 잘해내야 한다는 생각이 들었던 것도 아닌데 왠지 정신줄을 바짝 붙잡아야 할 것 같았다. 갑자기 육아라는 급류가 내 인생을 쓸어가 버릴지도 모른다는 생각이 들었던 걸까. 임신에 관해서는 신랑이 '좋다, 좋다' 하니 나도 좋았고 '내 남편이 아빠라서 너는 좋겠다', 그 정도 감상만 남았다. 아이에게 뭘 해줘야 하나라는 고민보단 내가 당장 뭘 해야 하나 하는 나의 생존 전략만 고민했다.

만삭이 되어 입시 결과를 기다리는 마음은 어딘가 불안했다. 아무도 출산으로 내 미래를 제약한 바 없었는데 나도 모르게 으레 사회 속 내 입지와 가능성이 줄어들고 있다고 생각했다. 내게 더 기회가 없을지도 모른다는 생각, '내 인생은 좁아지고 있는데 내 인생이 온전히 나의 것일 때 원하는 결과가 나오지 않으면 어떡하지' 싶은 마음에 초조했다. 이 불안은 어디서부터 오는 건지 인생의 타이어 하나가 영 공기압이 안 맞는 것 같은 기분이 들었다. 그럴 땐 연락하는 분이 있다. 스무 살 때부터 다니는 개척 교회 목사님.

'목사님, 저 로스쿨 입시 때문에 초조해요.'

'입시보다 훨씬 중요한 걸 앞두고 있는데. 건강 관리 잘 하시면 그걸로 됩니다.'

　　그럴 리가. 임신과 출산이 내 입시보다 중요하다니. 맞는 말이었는데 하나도 와 닿지가 않았다. 내게 더 많은 세월과 경험이 쌓이면 이해하게 될까? 나는 어딘가 엄마가 될 준비가 안 된 사람 같았다. 건강이고 뭐고 원하는 바와 목표가 이뤄지는 것에 일희일비 했고 출산일보다 입시 결과를 더 기다리는 중이었다. 그런데 내게 입시 때문에 더 중요한 게 있다니. 내 인생에 갑자기 타인이 들어와서 나의 우선순위를 뒤흔드는 기분이었다. 뭐든지 각자 알아서 하자를 주장하는 대충대충 아내여서였는지는 몰라도 결혼은 내게 특별한 변화가 아니었는데 임신은 달랐다. 어쩌면 내 인생에 '나보다 중요한 사람'이 생긴지도 모를 일이었다.

　　배 속 아이에 대한 감정은 모성애라고 하기엔 어딘가 정의로운 면이 있었다. 애는 일단 지구에 아는 사람이 나와 남편 및 가족뿐이고 혼자 먹지도 싸지도 못하니까. 배 속에 아이는 내가 아는 사람 중에 가장 '약자'였다. 남편은 배에 대고 '사랑한다, 사랑한다' 속삭이는

데 나는 어딘가 사랑은커녕 씩씩해져 가기만 했다. '엄마'고 뭐고를 떠나서 나는 이제 내 인생에서 만나게 된 최약체를 보호해야 하고 보호는 왠지 힘이 세야 잘 할 수 있을 것 같았다. 그래서 더 씩씩해지고 싶어졌다. 조금 더 시간이 지나서야 아 이런 게 엄마가 되는 마음이구나, 깨달았다. 엄마가 된다는 건 쉽게 말해 힘이 세지고 싶어진다는 것이다. 배우 윤여정 씨가 오스카 수상 소감 중 했던 말이 기억난다.

I'd like to thank to my two boys who made me go out and work. So beloved son, this is the result. Because mommy worked so hard.

(나를 나가서 일하게 만든 두 아들들에게 고맙다는 말을 전하고 싶습니다. 사랑하는 아들아, 이게 엄마가 열심히 일한 결과란다.)

인생에 별안간 떨어진 이 세상 최약체의 등장은 분명 '엄마'를 더 씩씩하게 만들었을 것이다. 그리고 이제는 그 씩씩함의 기저에 정의감이 있다는 걸 알아서 열심히 일한 엄마가 정의의 사도(使徒)처럼 느껴지기도 한다. 사도, 거룩한 일을 위해 헌신하는 사람. 그러니까 정의의 사도는 정의를 위해 헌신하는 사람이다. 연약한 타인을 위해 헌신하는 정의감은 분명 '나'를 연약한 개인에서 타인을 위할 수 있는 단단한 개인으로 탈바꿈하는 계기가 되어줄 것이다. 헌신은 헌신짝으로 가는 지름길이라고들 하지만, 갈아 넣는다는 표현처럼 가혹하고 외로운 시간이기도 하지만, 그만큼 고농축 인간 내를 온몸에 짙게 배게 하는 축복된 고난 같기도 하다.

　　엄마로 산다는 건 인간을 제대로 인간으로 살아보게 하는, 뼛속부터 가지고 태어났던 태초의 고난을 꺼내보는 담금질 같다. 정의로워지는 게 어찌 쉬울까? 책임진다는 게 어떻게 가뿐히 될까. 그 버겁고 무거운 걸 결국은 해내는 '엄마'라 불리는 사람들이 멋지고 좋다. 정의감과 자발적 헌신 같은 감정이 인간의 본능 중 일부라는 점이 인간으로서 꽤 자랑스럽다. 나, 너무 정신승리하는 엄마 같나? 어쨌거나 이 순간만은 진심이다. 위기에서 벗어나 내 한계를 시험하고 확장하는 경험이 나를 얼마나 더 대단한 인간으로 만들어줄지 기대도 된다.

'두 아들아 고맙다. 내 삶에 너희가 있어서 더 열심히 일할 수 있었어'라는 책임감 넘치는 이 고백은 내게 참 힘이 된다. 나를 나가서 일하게 만든 사람, 열심히 살게 하는 존재, 나를 천하무적으로 살고 싶게 만드는 이 작고 작은 사람도 분명 내게도 더 열심히 살 '이유'가 되어주겠지. 엄마란 뭐랄까. 겁 없이 정의로운 사람이다. 자기 파괴 같은 헌신도 두렵지 않고 그 와중에도 더 힘이 세고 단단해질 생각만 하니. 엄마는 정말 개 쎄고 완전 짱이다.

사랑받는 것

어렸을 땐 사랑을 받는 것이 당연하다고 생각했다. 하지만 이제는 안다. 사랑받는 일은 당연하지 않다는 것을. 사회인이 되기 전 연습해야 하는 건 거절과 무관심에 익숙해지는 일 같다. 세상엔 사랑받는 일보다 거절당하는 경우가 더 많으니까. 하다못해 미팅에서 내 옆자리만 몰표를 받는 것부터 어서 오라며 쉽사리 열어주지 않는 취업의 문까지, 사회는 나를 쉽게 사랑해주지 않는다. 그렇게 세상에 나와 숱한 만남과 헤어짐을 반복하고 나면 누구든 나를 내가 원하는 만큼 사랑해주지 않을 수 있다는 사실에 의연해지게 된다. 타인이 나를 사랑해줄 것이란 기대가 없어지는 것이라기보다도 사랑받지 못하는 상황이 아무 상관없어진달까. 사랑받고 싶은 사람이 나를 사랑해주지 않는다는 것은 슬프지만 그것이 더 이상 중요한 일은 아니게 된다는 뜻이다. 그러니까 분명 사랑받지 못하는 일은 'Sad' 하지만 'doesn't matter' 인 것이다. 사랑받지 못하는 것에 의연해지는 일은 빠르게 적응할수록 좋다고 생각한다. 삶의 모든 관계에 있어서 사랑'받는 것'은 당연하지도, 중요하지도 않다.

'사랑받는 것'을 디폴트로 하다보면 사랑받지 못하는, 대부분의 경우에 자기 자신을 의심하게 된다. 내가 뭔가 잘못했나? 나에게 문제가 있는 건 아닐까? 사랑 받고자 하는 마음은 사랑받고 있음을 계속해서 확인하게 만들고 확인한 사랑에도 만족하지 못하게 하며 때로는 사랑 앞에서 구걸하고 싶게 만든다. 하지만 사랑은 불완전한 속성이 있어 완전한 사랑을 받는 것은 불가능에 가깝다. 부모의 사랑이 충분하다고 느끼는 자식이 흔치 않은 것만 봐도 그렇다. 받고자 하는 입장에서 사랑은 언제나 부족하다.

누군가 사랑받지 못하는 상황에 안절부절못하며 스스로를 의심하고 있다면, 사랑은 안 받아도 그만인 것이라고 말하고 싶다. 사랑을 받는 일과 받기 위해 노력하는 행위에는 별 상관관계가 없다. 사랑받는 일은 받고자 노력하는 마음에 비례하지 않는다.

나는 남편에게 사랑받으려고 노력하지 않는다. 남편도 내게 그렇다. 우리가 서로를 사랑하지 않아서가 아니라 사랑 받으려고 노력하는 태도가 부자연스러운 면이 있기 때문이다. 부모님을 예로 들면 더 쉽게 이해가 갈지도 모르겠다. 부모님도 남편과 마찬가지다. 내가 가끔 효녀인 척하는 것은 부모님에게 사랑받고 싶어서가 아니라 부모님을 행복하게 해주고 싶어서다. 내가 가끔 남편에게 노래를 불러주고 춤을 춰주는 것도 사랑받고 싶어서라기보다는 내가 그를 기쁘게 해주고 싶어서다. 신랑도 마찬가지일 것이다. 그가 결혼 후 가끔 이벤트 비슷한 걸 준비하는 건 연애 초반처럼 내게 잘 보이고 싶다는 열망이 뻗쳐서 라기 보다도 기분이 좋아진 내가 보고 싶어서일 것이다. '사랑'은 '동일시' 같다. 타인의 행복을 바라며 주는 기쁨으로 사랑을 느끼는 건 타인의 기쁨이 곧 내 기쁨이 되기 때문일 것이다. 그래서 건강한 사랑이란 받고자하는 마음이 아닌 주고자 하는 마음으로 발현되는 게 아닐까?

　　사랑받기 위해 노력하는 일은 사랑 앞에서 우리를 필히 패하게 한다. 앞서 이야기 한 대로 사랑은 마셔도 마셔도 목이 마른 소금물 같은 것이니까. 노력에 대한 응당한 대가를 받고 싶은 마음에 하는 행동들에는 반드시 기대가 생기기 마련이다. 그러나 대개 타인은 언제나 나의 기대에 못 미치고 그렇게 노력할 필요 없는 일에 노력한 사람은 분명 억울해 진다. 사랑 받고자 하는 것보다는 주고자 하는 마음이 더 건강하다는 생각이다. 받고자 하는 마음의 뿌리에는 이기가 있지만 주고자 하는 마음 이면에는 이타가 있으니까. '사랑해'는 행복 옆에 있지만 '사랑해줘'는 행복에서 멀다.

내가 그렇게 못생겼어?

일을 시작하고 한 달쯤 됐던 날인가, 집요하게 인터넷상에 나에 대해 뒤져보던 시기의 어느날이었다. 지금은 나에 대해 거의 검색해 보지 않지만 그땐 하루에 두 번씩은 내 이름을 검색해 나와 관련된 온갖 이야기를 샅샅이 뒤져보곤 했다. 타인은 나에 대해 어떻게 생각하는지, 사람들은 나를 어떻게 보고 있는지 알아야만 내가 어떻게 처신해야 하는지 알 수 있을 거라 생각했다. 슬프게도 그러한 집요한 모니터링의 결과는 자신감 하락과 움츠러듦뿐이었지만.

인터넷상의 나는 외모나 단순한 호감, 비호감 등을 평가하는 숱한 도마 위에 올라있었다. 여러 종류의 희롱과 평가가 가득했다. 유익하지도 않은 것들이었는데 자극적이고 처음 보는 말들이라는 이유로 눈 여겨 보느라 바빴다. 그걸 매일 읽고 있으면 인터넷 상에 사람들이 떠들고 있는 사람이 정말 '나'인지 의심이 가기도 했다. 방송을 시작한지 한 달밖에 안 됐으니 당연한 일이기도 했지만 보여지는 모습으로만 평가된 나를 보고 있자니 어딘가 억울하기 까지 했다. '나'라는 사람을 모를 텐데. 길가다 마주쳐도 몰라볼 정도로 나를 모르는 사람일 텐데. 나를 아는 사람은 얼마나 있을까 싶어 우두커니 번화가에 서서 스쳐가는 사람들을 구경하기도 했다. 칭찬의 댓글을 아무리 봐도 기억에 오래 남는 건 못된 말들이었기에 대중 앞의 내 모습을 인터넷 상의 피드백으로 구체화해 그려보는 일은 스스로에 대한 믿음을 불신으로 바꿔버리는 시간이었다. 여러 종류의 이러쿵 저러쿵이 있었지만 그중에 가장 직관적으로 나를 괴롭혔던 원색적인 비난은 '못생겼다'는 것이었다. 다른 비난과 달리 '못생겨서 싫다'는 말은 달리 항변할 여지가 없는 것 같았다. 생전 처음 듣는 말이었지만 예쁘고 멋진 사람들 사이에서 내가 못생겼다는 말은 스스로 납득할 만큼 일리 있어보였다. 그날은 못생겼다는 댓글이 가슴 깊이 꽂혀버린 날이었다.

'저런 얼굴도 아나운서를 하냐? 못생겼다.'

'못생겨서 보기 싫다.'

집에 들어와 방에 불도 켜지 않고 침대에 누웠다. 내가 정말 못생겼나? 나는 이제 어떡하지? 태어나서 처음으로 어쩌다 나는 못생기게 태어났는지, 나는 왜 이렇게 생긴 건지 골똘히 생각했다. 얼마 지나지 않아 가족들이 모두 집에 돌아왔을 땐 방문을 확 열어젖히곤 가족을 향해 울부짖었다.

"내가 그렇게 못생겼어?"

엄마는 눈이 휘둥그레져서 "갑자기 그게 무슨 소리야?" 물었고, 나는 엄마의 첫 마디가 "아니야, 너 이쁘지"가 아니라 실망했던지 다시 방으로 돌아와 이불을 뒤집어쓰고 한참 울었다. 지금 보면 딱하고 어딘가 웃기기까지 한 기억이지만 당시 스물두 살, 신입 아나운서에게 외모는 엄청난 스트레스로 다가왔다. 예쁘진 않아도 어딘가 싱그러운 면이 있는 나였는데(ㅋ) 싱그러움은 걱정과 염려라는 먹구름으로 가리워졌다.

요즘 아이돌 가수 중 '(여자)아이들'의 멤버, 슈화를 남몰래 몹시 좋아하고 있다. 그 이유는 그녀가 당당해서다. 특정 멤버 누구와 당신 중에 누가 더 예쁘냐는 짓궂은 질문에도 저 친구는 예쁘고 나는 아름답다고 쿨하게 대답하는 여유를 보곤 내 발바닥과 손바닥을 모두 동원해 박수를 쳤더랬다. 여자 아나운서. 아이돌과는 거의 공통점이 없는 직업이었지만 그래도 외모로 평가받기도 한다는 점에서 조금이나마 그 직군을 이해해 볼 수도 있을 것 같다. 자기 자신을 사랑하기에 가장 어려운 직업은 타인으로부터 사랑받아야 하는 직업이다. 불특정 다수로부터 사랑받기 위해서는 보통의 타인이 좋아할 법한 표정과 말을 구사해야하기 때문이다. 나의 경우 척하거나 포장하는 일에는 재주가 없었으니 운 좋게 있는 그대로의 나를 좋게 봐주셨기에 아나운서로 입사하게 된 것이었겠지만 그걸 증명해야 하는 입장에서는 부담스러웠다. 대뜸 잘 모르는 사람이 "네가 입사 면접을 그렇게 잘 봤다며?" 앞뒤 없이 물어오기도 했고 엘리베이터 안에서 처음 본 아저씨가 (아마도 회사 내에 직급이 있는 분이었겠지만) "요즘 하는 프로그램 봤는데 눈 화장이 너무 진한 거 아니야?"라며 묻지도 않은 조언을 해주기도 했다. 그럴 땐 당혹스러워서 뭐라고 말해야 하는지 도통 알 수 없었다. 그런 경험들은 쌓이고 쌓여 나를 움츠러들게 만들었다.

움츠러들어 있으면 움츠러들어 있는 대로, "너는 회사에서 막 앞구르기하고 날아다니라고 뽑은 앤데 왜 이렇게 주눅 들어있니" 염려하는 목소리가 들려왔다. 당시의 내가 지금처럼 씩씩했더라면, 아니 원래의 여유 있는 나였다면 엘리베이터에서 만난 초면인 사람에게도 깔깔 웃으며 "그래요? 눈 화장 신경 좀 써볼게요" 했을지도 모르지만 당시의 나는 타인의 피드백이 너무 무서워 얼어버렸고 당혹스러운 나머지 정색 밖에 하지 못했다. 오프라인과 온라인을 넘나들며 소화해내야 하는 타인의 말이 내 한도를 초과하자 내 안에는 야금야금 자기혐오가 쌓였다. 비판과 비난을 구별할 힘도 없었고 관심과 간섭을 분간할 여력도 없었다. 그저 남의 눈치만 봤고 자다가도 벌떡 일어나 세상 모든 사람들이 나를 싫어

하고 있다는 생각에 식은땀을 흘렸다.

　　고작 그 정도 관심에도 그렇게 많은 스트레스가 쌓였는데 더 많은 관심과 여론을 소화해내는 연예인들, 특히 활동이 잦고 나이가 어린 아이돌들을 보면 안쓰러움과 대견함이 몰려온다. 돌 던지듯 던지는 말로부터 자기 자신을 지켜낼 수 있다는 것이 정말 멋져 보인다. 타인의 부정에도 자신은 긍정할 수 있는 뚝심과 여유가 오래도록 사랑받는 일을 할 수 있게 하는 비결이 아닐까. 그런 면에서 나는 강하지 못한 사람이었던 것 같다. 타인의 말로부터 도망치고 싶다는 생각을 더 자주 했으니까. 물론 입사 초반에 나를 거북하게 했던 관심은 시간이 갈수록 줄어들긴 했다. 하지만 뭐랄까. 그때 느낀 감정들은 아나운서 일에 대한 내 생각과 애정도를 바꿔놓았던 것 같다. 쉽게 잊힐 기억들은 아니었다.

　　일을 그만둔 뒤 내 일상 중 무엇이 가장 달라졌느냐 물으면 더 이상 거울을 보지 않는다고 대답한다. 아침저녁으로 씻을 때 말곤 이제 거울을 거의 보지 않는다. 일할 땐 (하루에 녹화를 여러 개 할 때) 옷을 갈아입을 때마다, 화장을 고칠 때마다 쉴 새 없이 거울로 내 모습을 확인해야 했다. 스스로 딱히 예쁘다고 생각하지도 않는 얼굴을 매일 그렇게 자주 봐야 한다는 건 내게 썩 유쾌한 일은 아니었다. 거울 뿐이겠는가. '빨간 불(녹화가 시작하면 rec 등에 빨간 불이 들어온다)'이 뜨고 녹화가 돌기 전에 미리미리 모니터 서너 개를 통해 각 카메라 앵글마다 내가 어떻게 나오는지 확인하고 방송이 되면 방송된 모습을 보며 다시 내 외모를 점검 했다. 내게는 어딘가 제정신으로 살기 힘든 루틴이었다. 당시의 나는 나를 별로 좋아하지 않았다.

퇴사 후 하루는 무의식이 흐르는 대로 "내가 신세경 얼굴이었으면 얼마나 좋을까?" 하고 나도 모르는 새 혼잣말을 했다. 예쁜 여자를 흠모하는 여자들이 흔히 하는 넋두리 같은 것이었는데 옆에서 듣던 신랑은 눈썹을 팔(八)자를 만들어 보이며 심각해졌다.

"나는 수민이 얼굴이 신세경이 되면 너무 슬플 것 같아."

이게 무슨 말인가. 분명 신세경이 된다는 건 더 예뻐진다는 것을 의미하는데 슬프다고 하다니? 남편이 하고 싶었던 말은 "그건 수민이가 아니잖아" 정도의 말이었을 것이다. 누가 더 예뻐 정도의 유치한 비교가 아니라, "이 얼굴은 유일하잖아"라는 말이라 마음에 오래 남았다. 내 얼굴은 나의 유일한 것이다. 나의 쌍커풀 없는 눈도, 두툼한 콧볼도 남보다 낫거나 못한 것이 아니라, 나만의 것이다. 세상에서 유일한. 그러니까 충분히 사랑해줘도 됐는데. 내 얼굴.

사랑의 능력

우리 집의 첫째 아들은 똥꼬. 똥꼬발랄해서 (또 오래 살란 뜻으로) 이름이 똥꼬가 된 우리 집 멍멍이는 유기견 보호소에서 데려왔다. 생일도 부모견도 모르는 새끼 강아지. 겨우 눈을 뜬, 갓 태어난 강아지 형제들과 박스 안에 버려졌다는 강아지. 똥꼬를 보호소에서 데려온 계기는 어쩌면 하나였다. 강형욱 훈련사가 한 말이 내 마음에 오래 눌러 앉았기 때문이었다.

"개한테도 사주팔자 같은 게 있어요. 그건 바로 주인이에요. 주인을 보면 이 개가 어떻게 살게 될지 알아요."

　이유는 모르겠지만 눈물이 와르르 나는 말이었
다. 나의 첫 반려견 사랑이, 사랑이는 어떻게 살았지?
핑계일 뿐이겠지만 내가 사랑이를 키울 땐 강형욱 훈련
사가 혜성처럼 등장하기 전이었다. 몰라서, 잘 해주지
못한 부분이 많다. 내가 열한 살 때, 책임감이라곤 조금
도 모르고 흥미와 관심만 가지고 데려온 강아지. 학교
다닌다고, 학원 간다고, 회사 간다고, 친구랑 놀러간다
고 무심했던 나의 첫 사랑. 나도 모르게 사랑이를 끌어
안을 때면 다음에 다시 지구에 오면 그땐 우리 집으로
오지 말라고 말했다. 나보다 더 좋은 주인을 만났으면
좋겠어서. (하지만 나와 달리 다른 가족들은 다음에도 꼭 우리
집으로 오라고 하고 있었다. 다시 오라는 건지 말라는 건지 혼란
스러웠을 사랑이에게 미안하다.) 강아지를 키운다는 건 정말
무서운 책임이 따르는 일이다. 내가 한 동물의 운명이자
평생이 될 수도 있는 거니까.

　반려견을 키우는 일에 부채의식이 강한 나와 달
리 강아지를 키워보는 게 평생소원이었다는 신랑은 그
꿈을 이뤄보지 못한 채 나랑 결혼한 참이라 '개 아빠'가

되고 싶다는 열망이 강한 사람이었다. 강아지 산책도 시켜보고 싶고 애견 카페도 가보고 싶고 같이 뛰어 놀고 싶고 하고 싶은 게 많은 '개 초보'. 그리고 그 무렵 사랑이의 치매 증상이 심해지면서 내 마음에는 불안이 자리하기 시작했다. 사랑이가 진짜 가버리면 어떡하지? 사랑이와 함께한 15년의 세월은 물 흐르듯 흘러가버리고 못 해준 기억들만 걸러져 마음을 계속 불편하게 했다. 그러던 중 눈여겨보던 유기견 보호소 계정에서 유기된 새끼 강아지들 소식을 발견했다. 만약 우리 부부가 새로운 강아지를 데려온다면 그건 유기견 보호소에서 데려온 강아지여야 한다고 주장해 왔던 차라 보자마자 첫 반려견을 기다리는 신랑의 얼굴이 떠올랐다. 아무 정보도 없이 보호소 앞에 버려졌다는 새끼 강아지 네 마리. 얼마나 클지조차 알 수 없는, 왠지 커다랗게 자랄 것만 같은 작디작은 그 새끼 강아지가 궁금해졌다. 그리고 그 주 주말 우리는 유기견 보호소로 향했다. 먼 길이었지만 그 아이들이 실제로 보고 싶어졌기 때문이었다.

도착한 보호소에는 칸칸마다 유기견들이 가득했다. 가장 안쪽 칸에 겨우 걷기 시작한 꼬물이들이 보였다. 몸을 수그려 앉으니 유독 활발한 한 마리가 가까이 왔다. 손가락을 펼쳐 주니 물고 씹고 난리였다.

　"한번 안아봐도 될까요?"

　작은 갈색 새끼 강아지가 남편 손바닥에 앉았다. "와! 너무 귀엽다" 신랑 눈이 하트로 변하는 순간, 하얀 위생 장갑을 끼고 있던 그의 손바닥이 노랗게 물들었다. 그렇다. 아기 강아지가 신랑 손바닥에 마킹을 한 것이었다. 이 사람 이제 내 꺼라고 말이다. 그렇게 그 아이는 우리 집에 왔다.

　똥꼬는 본 적 없는 성장속도를 보여주고 있다. 데려온 지 4개월 만에 사랑이 보다 커졌고 앞다리 들고 사람에게 매달리면 그 높이가 벌써 100센티미터는 가뿐히 된다. 활발하고 똑똑해서 말귀를 무섭게 알아듣는 애가 사람처럼 느껴지기도 한다. 덩치는 큰데 여전히 자기가 애기인줄알고 달려들어서 벅차기도 하다. 거실에서 자다가도 아침이 되면 기어코 안방에 들어와 침대로 달려들어 얼굴을 핥아댄다. 드라마처럼 낭만적이진 않다. 눅눅한 혓바닥 세수. 그래도 기분이 좋다. "잘 잤어?" 남편한텐 나오지 않는 가증스러운 목소리가 애한테는 나온다. 가끔은 "세상에서 제일 사랑해"라고 말했다가 남편이 듣진 않았겠지 하며 주위를 살피며 걱정하기도 한다. 하지만 이내 안도한다. 모르긴 몰라도 아마 신랑도 나 몰래 그러고 있을 것이다.

반려견을 키우면서 한 가지 알게 된 것이 있다. 예쁜 강아지라고 더 사랑하게 되는 것이 아니라는 것이다. 개의 좋은 주인이 된다는 건 강아지의 종과 외모와 장애 유무와 무관한 일이다. 사랑해주는 능력은 오롯이 사람, 주인에게 달렸다. 비단 반려견에게만 해당되는 말은 아닌 것 같다. 주는 사랑은 사실 전적으로 주는 이의 역량에 달려 있다. 주는 능력이 주는 사람에게 귀속된다는 것, 어찌 보면 당연한 말이다. 그 당연한 걸 반려견을 키우면서 느꼈다. 혹시라도 내가 똥꼬에게 주는 사랑이 부족하다면 그건 똥꼬가 부족해서가 아니라 온전히 나의 능력이 부족해서다. 똥꼬를 만나고 주는 사랑의 기쁨을 배우고 있다. 반려견을 가만히 보고 있으면 '감사하다'는 생각이 가장 많이 든다. 얘를 조금이라도 행복하게 해줄 수 있는 사람으로 살 수 있어서 감사하고, 사랑은 종이나 출신과 무관한 것임을 알려준 반려견의 존재가 감사하고, 전혀 다른 종의 동물에게도 사랑을 받는 인간으로 살아볼 수 있어서 참 감사하다. 사랑의 능력을 더 키우고 싶게 만드는 사랑이, 똥꼬 모두 고마워.

메멘토 모리

사랑이는 내 10대와 20대를 속속들이 안다. 내 비밀까지도. 그런 사랑이가 올해 들어 치매 증상을 보이고 있다. 배변을 가리지 못하고 이유 없이 밤마다 울고 가까이 가면 으르렁 댄다. 한 번 부르면 뒤돌아보던 아이가 부를 수 있을 때 많이 불러두라는 것처럼 열 번은 불러야 고개 돌려 나를 본다. 견생의 끝은 처음 보는 거라서 낯설고 우리가 영영 다시 볼 수 없을지도 모른다는 사실은 믿기지 않는다.

　메멘토 모리(Memento mori). 라틴어로 '죽음을 기억하라'라는 말. 이전에는 이 말이 거창하고 부담스러웠다. 세상에 생각할게 얼마나 많은데 죽음까지 생각하며 살아야 하나. 죽음을 생각하는 것은 비관론자의 태도일 뿐이라고 여길 때도 많았다. 어떤 날엔 죽음을 기억하는 일이 겸손하라는 뜻으로 와 닿았다. 무척 좋은 날들이 와도, 아무리 힘든 날이 와도 우리는 모두 죽음이라는 종착역 앞에서 동등하니 기쁨과 슬픔 앞에서 겸허해지라는 말로만 생각했다. 하지만 그게 내 삶의 태도가 되긴 쉽지 않았다. 내가 성인군자도 아니고 좋은 날은 좋은 대로 영원할 것처럼 들떴고 슬픈 날은 슬픈 대로 영원할 것처럼 끝없이 감정이 추락했으니까. 내 감정이 '메멘토 모리' 하지 못하는 것에 내 이성이 뭐라 항변할 수 없었다. 죽음은 아직 내게 멀게만 느껴졌다.

요즘은 부쩍 죽음을 기억하는 일의 생명력을 느낀다. 사랑이를 볼 때마다 우리한테 남은 시간이 얼마나 있을까 골똘히 고민해보곤 한다. 1년? 반년? 두 달? 역설적이게도 삶이 또렷해지는 순간은 죽음을 떠올릴 때였다. 시작과 끝이 한 세트, 탄생과 죽음이 한 짝이라는 것을 우리는 쉽게 잊지만 지나쳐온 시작과 탄생 다음 우리를 기다리고 있는 것은 다음 아닌 끝과 죽음이다. 대비하지 못하면 허무하게 맞게 되는 엔딩을 상상하며 나는 자주 메멘토 모리 하려 애쓰고 있다. 그래서 사랑이를 다섯 번 볼 것을 열 번 보고, 두 번 부를 것을 열두 번 부르고 한 번 안아줄 것을 하루 종일 안고 있다.

그리곤 아주 간단한 상상을 해보는 것이다. 죽기 전날 내가 정말 운이 좋아서 내 삶을 되돌아볼 시간이 생긴다면 어떤 과정을 후회하고 자랑스러워할까. 죽음 앞에서 나는 어떤 결말을 갈망하고 있을까. 죽음은 기억하는 것만으로도 우리에게 큰 변화를 준다. 우리에게 주어진 시간이 얼마나 유한한지 깨달을 때 삶의 복잡한 문제들은 꽤 간단해진다. 나도 언젠가는 사랑이처럼 시작의 다음 단계를 마주하고 탄생의 반대말을 찾아 떠날 테니까. 나와 사랑이에게 남은 시간을 헤아려보았던 것처럼 내게 남은 시간도 자꾸 떠올려보면 어떤 것이 진정 후회로 남을지 조금은 예상해볼 수 있다. 후회는 어쩌면 실패보다 두려워서 애써 무시했던 가능성들에게 남는다. 끝에 도달하고서야 지나온 시간이 얼마나 다양한 가능성으로 가득했는지 깨닫지는 않을까.

'내가 왜 하루라도 젊었을 때 다른 선택을 하지 않았을까' '그때 나는 더 많은 가능성이 있었는데 왜 도전해보지 않았을까' 하는, 순간 원했으나 끝까지 원하지 않은 미결에 대한 문장들이 곧 후회가 된다. 굳이 어떤 선택이 대단히 괜찮았다 까지 도달하지는 못하더라도 적어도 후회는 남기고 싶지 않다면 죽음을 기억하는 일은 유용할 것이다.

메멘토 모리. 이것이 요즘 내 삶에 새로 자리 잡은 기준이다. 죽음, 내가 원하는 결말을 자꾸 상상하기. 죽음을 기억함으로써 시간의 유한함과 삶의 가능성의 무한함을 자꾸 상기시키기.

적절한 속도

수민이는 빠르다는 말을 자주 듣는다. 취업도 결혼도 출산도 또래보다 빨리 했다는 말이다. 가끔은 MZ세대의 대표 주자라는 칭찬(?)을 듣기도 하는데 '주자'라는 것이 달리는 사람이란 뜻이니 대표 주자라는 칭찬은 더 열심히 더 빨리 달리라는 격려처럼 들리기도 했다. 그렇지만 정작 나는 내가 달리기 선수라고 생각해본 적이 없다. 남들은 빠르다, 빠르다 하는데 정작 스스로 빨리 달리려 애쓴 적은 없다.

　하루는 자녀가 각각 셋인 교회 집사님 두 분께

육아에 대한 질문을 잔뜩 했다. 두 분이서 도합 여섯 사람을 길러내셨으니 분명 배울 게 많을 것이었다. 장성한 자녀를 둔 두 분 앞에서 예비 엄마가 된 나는 질문을 쏟아냈다. 나도 모르게 뱉은 질문은 이런 것이었다.

"어떻게 해야 아이가 말을 빨리해요?"

"애는 언제부터 혼자 밥 먹고 혼자 똥 쌀 수 있나요?"

20년이라는 시간 안에 이 사람을 자립된 사람으로 길러야 한다는 압박과 어떻게든 빨리 육아를 해치우고 싶다는 생각이 공존했던 듯싶다. 또 나의 아이가 느리기보다는 빠르기를 바라는 욕심이 불쑥 나온 것이었다.

집사님은 '애가 말이 트여봤자 '싫어' '안 해' 밖에 안 할 테니 말은 늦게 트이는 게 좋을 수도 있다'고 하셨다. 생각지도 못한 답변이었다. 맞는 말이었다. 조금만 생각해봐도 말 못 하는 아이에게 빨리 말하고 싶어지는 동기부여가 거절 표현 말고 뭐가 있겠는가.

그리고 세상에 나오자마자 걷고 밥 먹고 배변활동 하는 다른 포유류들과 달리 인간만이 긴 시간 부모에게 완전히 의존하는 것이 신기하지 않냐 물으셨다. 그

것은 어쩌면 아이가 사람이 되는 데 오랜 시간이 필요한 것이 아니라 부모가 부모로 다시 태어나기 위해 그렇게 긴 시간이 필요한 게 아니겠느냐고. '나' 없이 아무것도 할 수 없는 아이를 책임지고 그 아이를 위해 헌신하는 시간은 부모를 부모 되게 하는 시간 같다고 하셨다. 그리고 그 시기에 요령을 피우면 엄마도 아빠도 평생 부모가 아닌 애로 살게 된다고. 부모가 '부모가 아닌 애'로 살면 자녀랑 계속 다투게 되는 거라고.

나는 아무런 자격도 준비도 없이 부모가 되었으면서 애를 낳고 나면 자연히, 당연히 아무런 노력 없이도 부모가 될 수 있는 줄만 알았다. 특히 신생아 육아라는 건 (해보지도 않았으면서) 오로지 빨리 지나가야 하는 다시는 하고 싶지 않을 헌신과 희생이라고만 생각했다. 하지만 두 시간마다 깨서 울어재끼는 신생아를 키운다는 건 내가 걔를 사람 만드는 일이 아니라, 내가 부모가 되기 위해 나를 단련시키는 일일지도 모를 일이었다. 그러니까 신입 사원이 부장이 되기까지 겪는 시행착오처럼 부모라는 역할에 적합해지기 위해서 꼭 지나야 하는 적응 기간이었다.

그날 대화 이후 '요령'이라는 말은 오래 내 목구멍에 걸려있었다. 부모인 내가 가장 알고 싶어 했던 것이 고작 '애를 빨리 키우는 요령'이었다는 게 부끄러웠다. 임신을 통해서 깨달은 건 삶의 속도보다 깊이가 중요하다는 점이다. 애를 요령으로 키우면, 일도 요령만 피우면 빨리 해치워도 내게 남는 것이 없을 것이다. 매 순간이 진심으로 얻은 결과가 아니라면 모래성은 순식간에 무너지고 결국엔 허무함만이 남을 테니까. 세상은 요령으로 쌓아올린 결과에 속지 않을 테고, 내공이 없다면 밑천이 드러나는 것도 시간 문제일 테니까. 속도보다 중요한 것은 깊이다. 빨리 취업하고 빨리 결혼해서 빨리 애를 낳는다는 건 애가 말을 빨리 시작하는 것만큼이나, 애가 기저귀를 빨리 떼는 일만큼이나 시간이 지나면 별 의미가 없는 일이지 않을까. 그리고 그 빠른 속도가 선사하는 바가 정말 '빠름'뿐이라면 인생이 얼마나 허무해질까? 남들보다 빨리 가도 그 걸음이 죄다 요령뿐이라면 아무런 의미가 없다.

야심한 시각 운전하다 보면 널널한 도로 위 몇 안 되는 다양한 종류의 차들을 볼 수 있다. 화물차나 경차, 세단, 가끔은 엔진 소리가 커다란 스포츠카까지도. 늦은 시간 어디를 그렇게 가는지 다들 바삐 직진한다. 같은 방향으로 달리고 있다는 점에서 경쟁 중인 것처럼 느껴질 때도 있다. 4차선 도로 위에 누군가는 앞질러가고 나는 적정 속도를 준수해 달리고 있는 것 같은데도 뒤처지는 것 같고, 다른 차들보다 목적지에 늦게 도착하는 것 같이 느껴지기도 한다. 하지만 그렇게 몇 십분만 더 나의 목적지를 향해 달리다 보면 가는 길에 트럭은 우측 도로로 빠지기도 하고 스포츠카는 돌연 좌회전을 한다. 그들이 경쟁에서 뒤처졌기 때문이 아니라, 경주에서 탈선하는 것이 아니라, 그저 목적지가 애초에 달라서 그렇다. 각자가 각자 가야할 곳으로 가는 것이다. 또래끼리 하는 속도 비교도 이와 비슷하다.

수능이라는 같은 목표, 대학이라는 또래의 공통된 관심, 취업과 결혼까지도 옆 차선의 차들과 계속 비교하게 된다. 하지만 우리는 모두 다른 목적지를 가진 차라는 걸 언젠가 알게 되는 날이 반드시 온다. 나를 지독히 따라 붙으며 경쟁하는 듯했던 그 차도 어느 순간 나와 다른 방향으로 향할 테니까. 한때 같은 목표를 향해 달렸다고 해도 삶의 변수들 앞에서 우리는 계속해서 목적지를 수정해가며 경로 재탐색을 누르기 마련이니까. 속도의 비교는 정말 찰나에만 유효한 것이다. 잊지 말자, 당장의 속도보다 중요한 게 분명히 있다는 것을.

무슨 일이 있어도 내일은 온다

죽어 있다고 느낀 나 자신을 다시 살리기 위해서 부단히 애쓴 방법은 다시금 내 삶에 기대감을 갖는 일이었다. 더 성장할 수 있다는 기대감. 어제보다 나은 내일을 꿈꾸는 기대감. 설레며 무언가 바라보는 것. 10년 뒤, 20년 뒤의 나를 상상하며 가슴이 부풀어 보는 것. 사람을 살게 하는 건 불안이나 걱정, 비관이 아니라 기대감이라고 생각한다. 산다는 것은 내일로 나아가는 일이니, 나아가기에 미래를 그리고 바라는 것만큼 유용한 감정은 없을 테니까. 그런 의미에서 생명력은 곧 기대감이 아닐까.

하루는 연차 높은 선배가 나와 대화하던 중 대뜸 '젊은 사람이랑 얘기하는 게 역시 좋다'고 했다. 내가 재롱 가득한 입담을 뽐내서인가 싶어 눈을 동그랗게 뜨고 쳐다보니 "너는 주로 '앞으로'에 대한 얘기를 해서 좋아" 했다. 자기 또래들은 만나면 주로 '과거' 이야기를 하는 데 나는 '미래' 얘기만 한다고. 그때 대화 이후로 나는 젊음의 정의를 기대감에 두곤 한다.

젊음은 신체적인 나이나 정신적인 연령이 아닌 미래를 얼마나 기대하고 있는지에 달린 것이 아닐까? 기대감이 곧 생명력임을 떠올려 본다면 젊음은 발전가능성과 잠재력으로 푸릇한 생기가 도는 일 같다. 우리는 젊음, 그러니까 생기를 유지하고 싶어서 여러 가지 노력을 한다. 콜라겐을 챙겨 먹는다든지 운동을 한다든지, 자기 전에 마스크 팩을 한다든지 하는 것들. 그중에 기대감과 설렘을 간직하고자 하는 노력도 포함되어야 하지 않을까 싶다. 누군가는 스트레스 관리라고 단순히 명명할지 모르지만 ENFP인 내게 기대감을 위한 운동에는 공상과 낭만적 상상도 포함이다. 주기적으로 생에 하고 싶었던 것들을 잠시 떠올려보는 시간을 가져보는 것은 어떨까? 하루에 잠시라도 고개 들어 하늘도 보고, 무언가를 그리고 상상하며 '설레는 습관'을 가져보는 것이다. 사소한 기대감을 쌓아 내 삶 전반을 기대하는 일이 우리 삶을 더 멋지게 만들어 줄지도 모른다. 그렇게 내 삶의 작은 기대감이 조금씩 쌓이고 또 쌓이면 하고 싶은 일이 여전히 많은 젊은 자신을 발견하게 될 것이다.

　　　기대감을 키우는 데에 가장 직관적인 방법은 코에 바람을 넣는 일이다. 고갈되었다고 느끼면 눈에는 새로운 풍경, 코에는 신선한 바람을 넣으러 무작정 떠나곤 하는 데 그중 겨울 밤바다가 유난히 기억이 난다. 강릉 해변에서 밤바다를 가만히 보다가 일출을 본 날이었다. 전날 해변엔 폭죽 터트리는 사람들로 와자지껄했는데 다음날 일출을 보러 나온 그곳엔 고요함만이 가득했다. 같은 장소 다른 데시벨, 같은 바다와 다른 하늘. 어제와는 완벽히 다른 세상. 분명한 새로운 하루의 시작이었다. 지구는 밤사이 세상의 혼란을 잠재우고 다시 황금같이 작열하는 태양을 고요한 바다에 다시 띄우며 새 날을 만들고 있었다. 밤이 과거를 청소하듯 빨아들이고 백색의 도화지를 새로 펼친 것만 같았다. 작열하는 태양은

가을 한복판의 감처럼 생그럽게 모래 해변과 내 얼굴을 주황빛으로 물들였다. 비가 그쳤다 내렸다 변덕이던 그 날 집으로 돌아가는 차안에서는 운 좋게 크고 선명한 무지개도 보았다. 저쪽 산에서 이쪽 산으로 이어지는, 7가지 색이 모두 보이는, 그림책에서나 보던 무지개.

　　모든 것을 덮어버리는 밤도, 매일 백지장 같은 아침을 피우는 태양도, 대뜸 형형색색 아치를 만드는 하늘도 처음 보는 대상처럼 생경했다. 하루의 끝과 시작이 이렇게 마법처럼 매일 반복된다는 것이 신기했다. 실패는 밤에 감추면 되겠구나. 태양은 매일 다시 떠오르니까. 나도 매일 새롭게 다시 시작할 수 있지 않을까? 세상이 이렇게 아름다웠나? 지구는 내가 못 본 사이 이렇게 아름다운 일출과 무지개를 곳곳에서 틔우고 있었구나. 새삼 지구에 태어난 나 자신이 행운아처럼 느껴지기도 했다. 그날의 풍경으로 내가 충전한 것은 삶에 대한 기대감이었다. 집으로 돌아가는 길에는 뮤지컬 〈애니〉의 대표곡, 〈투모로우(Tomorrow)〉를 흥얼거렸다.

　　이 곡의 하이라이트는 "투~ 모로우!"라고 내일을 힘차게 부르는 구절이다. 멀찍이서 다가오는 내일을 목 놓아 부르는 것만 같은 멜로디. '내일아! 내일아!' 외치고 내일이 고개 돌려 나를 쳐다볼 때 '나 너를 사랑한다' 하고 나지막히 말하는 것만 같아 저 구절이 참 좋다. 〈애니〉의 노래처럼 무슨 일이 있어도 내일은 온다. 누가 뭐라 해도 밤은 하루를 끝내고 아침은 새롭게 떠오른다. 어쩌면 우리의 매일은 지구가 주는 공짜 기회일지도 모른다. 얼마나 다행인가. 내일 어김없이 또 다시 새로운 하루가 시작된다는 것이. 하루도 거르지 않고 지구는 아름다운 태양을 틔워준다는 것이. 내일을 사랑할 수 있다면 우리는 무엇이든 할 수 있을 테다. 설레지 않는가. 매일 새롭게 지구가 알아서 리셋 버튼을 눌러준다는 것이.

내가 무너질 때마다 꺼내 읽고 싶은 글

로스쿨 입시 중이던, 가을에서 겨울이 되던 어느 날. 오전 중에 로스쿨 1차 서류 전형 결과를 확인한 참이었다. 기대했는데 합격자 명단에 내가 없다는 친절한 안내 문구와 결과를 못 본 척 눌러본 고사장 안내 버튼이 '해당 사항 없음'이라는 팝업 창으로 이어졌을 때는 가슴이 아렸다. 원서지원은 딱 두 곳밖에 할 수 없어서 하나하나가 소중한 기회인데, 한 곳에서 서류부터 떨어지다니. 로스쿨 입학으로부터 한 걸음 멀어진 셈이었다. 이렇게 실패로 점철된 내가 무언가 타인에게 동기부여가 될 글을 쓴다는 게 맞는 건지 의심스러웠다. 밤마다 열심히 헌법 인강을 들으며 면접을 준비했던 것과, 아이가 태어나면 학업은 어떻게 할 것이며 신랑은 언제 육아휴직을 쓸 것인지 상의하던 모든 시간들이 내 주제에 맞지 않는 처사 같았다. 몸은 만삭이라 무겁고 외출은 날이 추워 엄두도 안 났기에 오늘 하루는 실망한 마음을 다독이며 조금 쉬기로 했다. 그러던 중 오후에 출판사에서 연락이 왔다. 저번에 보낸 원고에 대한 이야기들.

맞아, 새로운 글들을 보내드려야 하지, 하고 다시 노트북을 켰다. 썼던 글들을 다시 마무리하며 조용히 내 글을 다시 읽었다. 퇴사와 실패들, 나의 각오와 바람들이 가득한 글들. 우습지만 내 글을 내가 읽으며 엉엉 울었다. 내가 너무 듣고 싶었던 말들이라서. 내가 나에게 해주고 싶은 말들. 실패해도 괜찮다고, 씩씩하게 실패해버리자고. 꿈꾸는 것을 향해 돈키호테처럼 나아가자고 말하는 과거의 나 자신이 고마웠다. 뭐야, 나 이렇게 씩씩한 사람이었잖아?

나의 쓸쓸함과 고민과 성장통이 이렇게 글로 남아 있어준다는 것이 내게는 무척이나 고맙다. 출판사 연락이 아니었다면 나의 일기들을 책으로 낼 생각도 못했을 것이며 이렇게 완성품으로 간직하지 않는다면 잃어버릴 기억들이었다. 이렇게 글로 삶의 가슴 한편을 남기고 독자들을 만날 수 있다는 것이 정말 큰 영광이다. 부디 내게 눈물을 왈칵 쏟게 했던 삶의 순간들이 독자 분들께도 위로가 되었으면 좋겠다. 내 글에 나 자신이 가장 큰 위로를 받았다고 고백하는 것이 말하면서도 웃기지만 그만큼 내겐 무척 소중한 말들이라서 그렇다. 용기가 필요할 때면 언제든 이 책에서 우리가 다시 만나 서로를 위로할 수 있으면 좋겠다.

도망치는 게 뭐 어때서

초판 1쇄 발행   2023년 3월 20일
초판 3쇄 발행   2023년 4월 10일

지은이   김수민
펴낸이   이상훈
편집1팀   이연재 김진주
마케팅   김한성 조재성 박신영 김효진 김애린 오민정
펴낸곳   ㈜한겨레엔 www.hanibook.co.kr
등록   2006년 1월 4일 제313-2006-00003호
주소   서울시 마포구 창전로 70 (신수동) 화수목빌딩 5층
전화   02) 6383-1602~3 | 팩스   02) 6383-1610
대표메일   book@hanien.co.kr
ISBN   979-11-6040-958-1 03810